KB274617

조사(助詞)에게 길을 묻다

고정국의 체험적 글쓰기론
조사(調査)에게 길을 묻다

초판 인쇄 | 2010년 10월 25일
초판 발행 | 2010년 10월 30일

지은이 | 고정국
펴낸이 | 신현운
펴는곳 | 연인M&B
디자인 | 이수영
기 획 | 여인화
등 록 | 2000년 3월 7일 제2-3037호
주 소 | 143-874 서울특별시 광진구 자양동 680-25호(2층)
전 화 | (02)455-3987 팩스 | (02)3437-5975
홈주소 | www.yeoninmb.co.kr
이메일 | yeonin7@hanmail.net

값 12,000원

ⓒ 고정국 2010 Printed in Korea

ISBN 978-89-6253-073-5 03810

이 책은 연인M&B가 저작권자와의 계약에 따라 발행한 것이므로 본사의 허락 없이는
어떠한 형태나 수단으로도 이 책의 내용을 이용하지 못합니다.
잘못된 책은 바꾸어 드립니다.

고정국의 체험적 글쓰기론

조사(助詞)에게

길을 묻다

천천히 가라, 바르게 가라, 끝까지 가라!
한 분야에 업적을 이룬 자들에게는
반드시 이 세 가지 공통점이 있다.

연인M&B

수강생 자리에서

슬픔이든 절망이든 요즘 창작 강좌에는 대체로 경험 많은 사람들이 모인다. 이들에게 한 가지 주제만을 가지고, 주 2회 150분짜리 강좌 50회 마무리하기가 그래서 만만치 않았다. 다행히 매 시간, 수강생과 필자 사이엔 A4용지 석 장 분량의 새로운 자료가 놓여 있었다. 이야말로 수강생과 나를 이어주는 강력한 고리였다는 것을 강좌가 끝난 다음에야 알았다. 사실 이 자료를 준비하기 위해 이곳저곳 글쓰기 또는 문예창작 이론서들을 살펴야 했다. 그쪽 내용의 인용을 위해서가 아니라 그 내용들을 피해 가기 위해서였다. 그래서 여기에는 참고문헌이나 기초자료 없이 말 그대로 '책에 없는' 내용만으로 엮었다.

농사꾼의 바탕에는 일찍 일어나야 하는 새벽 정신이 있다. 글쓰기, 특히 창작이란 나와 또 다른 세계의 만남에서 시작되는 것이라면, 글농사를 지으려는 이들에게도 그 어떤 바탕부터 갖춰야 할 것이다. 아무리 좋은 이론과 기교를 배운다 해도 내면 변화 없이는 새로운 세계와의 만남은 이뤄지지 않을 것이기 때문이다. 그렇다면 차라리 수강생 자리로 돌아가자. 그래서 저들의 창작현장에서 당장 요구될만한 응용이론의 맥을 더듬어 보자. 하여,

　제1부에는 필자 나름의 글에 대한 인식과, 글 쓰는 사람으로서 갖춰야 하는 마음가짐에 대해 수강생들과 함께 고민했던 내용들을 정리했다. 제2부에서는 이론의 현장응용에 초점을 맞췄다. 이 분야에 배울 만큼 배웠다는 사람들도 창작현장에선 아직도 진부한 글쓰기 태도나 문학이론에 갇혀 제자리만 맴도는 경우를 심심찮게 보아왔기 때문이다. 제3부는 필자가 여기저기 발표했던 산문과 시를 연결시켜 〈에세이 시작노트〉라 이름했다.

　독자와 작가 지망생들은 언제 어디서건 필자의 지엄한 스승이다. 불과 6개월 사이에 50강의 자료를 써낼 수 있었던 것도 수강생의 충고와 자극과 다그침이 있었기에 가능했음을 고백한다. 저들의 창백한 책상머리에 이 소책자 한 권이 친구처럼 놓여 있었으면 좋겠다.

　힘을 주신 주변 문우들과 이 졸고의 기획출판에 흔쾌히 응해 주신 연인M&B 신현운 사장님께 감사드린다.

2010. 10.

Contents
고정국의 체험적 글쓰기론

제3부 에세이 시작노트

제1부
내면의 상형문자를 찾아서

제1강 성공한 식탁은 설거지가 쉽다

1. 글 또는 글쓰기란?

맛, 영양, 소화 등의 낱말을 대하면 누구나 음식 이야기임을 알 것이다. 음식물이 이 세 가지 조건을 갖추었을 때 사람들은 남기지 않고 깨끗이 그릇을 비운다. 그러나 가끔은 그 반대일 수도 있다. 애써 마련한 아침 식탁을 몇 숟갈 뜨다 말고 식구들이 일어섰을 때 주부의 마음은 슬퍼진다.

세 차례 시집을 내도
독자들은 침묵했다

네 번째도 등을 돌린
이 땅 풀꽃이 야속도 하여

붓 대신 무릎을 꺾고
꽃 앞에서
울었다.

―「붓꽃」 전문

> 글의 조건은 음식물의 조건과 같다. 그래서 성공한 식탁은
> 설거지가 쉽다.

음식이 '육(肉)의 양식'이라면 글은 '영(靈)의 양식'이라 할 수 있다. 따라서 음식물의 조건과 글의 조건은 영(靈)과 육(肉)의 필수조건으로써 동등한 가치와 의미를 지닌다. 음식에 맛, 영양, 소화성의 조건이 따르듯 당신이 쓴 글에서도 흥미와 내용, 거기에다 읽는 이로 하여금 이해가 쉬워야 하는 전제가 따른다.

2. 글과 그릇 그리고 그림

마늘 수확기인 요즘, 제주도 서부지역에 가 보면 마늘 수확현장에 질서정연하게 서 있는 마늘 마대를 볼 수 있다. 이때 그 망사 마대가 설 수 있다는 것은 안에 마늘이라는 내용물이 가득 차 있기 때문이다. 즉 비어 있는 마대는 설 수 없다. 흩어져 떠다니는 생각이나 이야기, 사물의 현상 더 나아가 관념의 덩어리를 담아낼 수 있는 그릇이 바로 글이다. 이때 그 글이라는 마대는 하나의 뜻이 담겨져 있어서 마대라는 형태로 존재할 수 있다.

한 개의 어휘가 한 덩이의 사고를 담아내는 그릇이라면 글은 그 사고의 덩어리를 담아내는 마대 구실을 한다. 사람의 생각이나 말을 글이라는 포장지에 담아두지 않으면 대부분 망각이라는 세계 속으로 증발되고 만다.

그 마대에 쓰레기를 담으면 쓰레기 마대가 되고, 감자나 마늘을 담으

글쓰기란 이처럼 자기 내면에 있는 최소단위의 행로를
찾아 나서는 내면의 올레 걷기

면 농사용 마대가 되고 돈다발을 담으면 돈 마대가 된다.

음악은 선율의 강약과 템포의 조화로, 그림은 선과 색채의 조화로 완성되는 것이라면 글은 언어의 분량과 배열로 그림을 그려내는 것이다. 문학작품야말로 이 언어예술 즉 언어(활자)로 그려내는 상상의 그림이라 할 수 있다.

3. 거울 또는 내면의 올레 걷기

승용차의 일반화는 운동 부족과 개인과의 단절이라는 또 하나 사회적 문제를 낳는다. 그래서 최근 올레 걷기에 많은 사람들이 관심을 가지고 참여하고 있다. 이처럼 올레 걷기는 '걷기(운동)' 와 '만남(소통)' 이라는 두 마리 토끼 사냥의 의미를 지닌다.

'올레' 란 골목 다음으로 한 개인의 가정집으로 통하는 길의 최소단위를 말하는 제주 사투리로 국도 지방도 등과 상대적 의미를 지닌다. 거기에다 일반도로는 공유물이지만 올레는 주로 개인 명의로 등록돼 있다는 특징이 있다.

글쓰기란 이처럼 자기 내면에 있는 최소단위의 행로를 찾아 나서는 내면의 올레 걷기와 같다. 막연하나마 그리움이 있는 곳, 돌담으로 가려진

'게으름' 과 '망설임' 과 '안절부절' 의 병증,
당신은 어느 병증에 시달리고 있는가.

그 어떤 신비로움이 있는 곳, 생각의 실핏줄이 닿을 듯 말 듯한 그곳, 귀여운 토종강아지가 꼬리를 치고, 세상에서 가장 반가운 사람이 꽃 한 송이 들고 맞아줄 것 같은 그곳, 더듬고 더듬어 찾아 들어간 골목 다음의 더 좁은 올레 끝에 누군가가 서 있기 마련이다. 그게 바로 당신이 까맣게 잊고 살았던 당신의 반쪽이었다는 사실에 놀란다.

4. 망설임의 병증

현대인에게는 적어도 세 가지 병증이 있는 것 같다. '게으름' 과 '망설임' 과 '안절부절' 의 병증이다. 우선 게으름과 망설임은 타임킬러라는 공룡의 아가리를 가지고 있다. 앞의 두 가지 병증에 시달리면서 20대를 넘기고 30대를 넘긴다. 40대에 들어서면 아주 먼 곳에서 나를 기다리는 생명의 소실점이 가물가물 감지되기 시작한다. 이때 바로 '안절부절' 이라는 3단계 증세가 나타나기 시작한다. 그런데 이 세 가지 병증은 '과정의 생략' 이라는 편법이 생겨나면서 '결과라는 목표치' 에 연연하게 된다. 이때 그 결과라는 목표치는 함량 미달 상태로 이곳저곳에서 서러움을 받는다.

'지식'은 있지만 '지혜'는 없고, '목표'는 있지만
'목적'이 없고, '경쟁'은 있지만 '삶'이 없는 세상

더욱더 게을러져라. 더욱더 망설이거라. 더욱더 안절부절하라. 그리고 무겁게 '글'이라는 곡괭이를 꺼내 들어라. 지금까지 게으름과 망설임과 안절부절했던 것이 결코 헛된 삶의 과정이 아니었다는 것이 증명될 것이다. 또한 이 세 가지 병증이 글쓰기라는 과정을 통해서 나도 모르는 사이에 치유가 될 것이다.

5. 회복의 명약

'독서 치유'의 단계를 지나 '글쓰기 치유'의 시대가 왔다. '지식과 정보'는 넘쳐나지만 '참된 지혜'는 찾아볼 수 없고, '목표'는 도처에서 사람을 힘들게 하지만 '목적'이 없고, 저마다 '경쟁'에 쫓기면서 '삶'은 사라지고 말았다. 지혜, 목적, 삶은 없고, 지식, 목표, 경쟁만이 있는 시대…… 정치 경제 교육 심지어 종교까지 세상의 톱니바퀴는 죽음을 향해 바삐 굴러가고 있다. 이 심근경색과 동맥경화 중증인 사회에서 바야흐로 글쓰기가 그 치유의 대안으로 자리할 시대가 온 것이다. 시험 보기 위한 독서나 글쓰기 공부가 아니라, 나를 찾고 행복을 찾고 나아가 개인 개인의 한 줄 한 줄 써낸 글줄기가 사회 회복으로 이어지도록 하는데 이번 글쓰기 강좌의 의미를 둔다.

제2강 자화자찬부터 시작하라

1. 막쓰기의 즐거움

세상에 가장 맛있는 반찬은 누가 뭐래도 '자화자찬' 이다. 남이야 뭐라 하든 그리고 듣든 말든 우선 제 새끼 자랑부터 펑펑 쏟아내라. 거기에다 구십 프로 뻥이라도 좋다, 남편 자랑 아내 자랑 막 쏟아내고는 그 자랑의 원천이 바로 자기가 잘나고 처신 잘해서 그렇다고 쏟아내는 것이다. 노래방에서 노래로 시름을 풀 듯, 이 뻥튀기 글을 통해서 노래방에서 못다 푼 스트레스를 풀어야 한다.

말과 글도 대소변처럼 정신적 배설작용에 다름 아니다. 최근 관심의 대상이 되고 있는 '글쓰기 치유' 역시 이러한 정신적 신진대사를 노린 것이리라. 노래방에서처럼 목청을 가다듬을 필요도 없다. 글쓰기는 혼자서 한다. 꽥꽥 소리 지르듯 속에 있는 정신적 불순물까지 쏟아내야 한다.

복권 당첨은 복권을 산 자에게만 해당된다. 잘 쓰든 못쓰든 글도 쓰는 자의 몫이다. 글쓰기 초보자에게 글이 잘 써진다는 게 되레 이상한 일이 아닌가. 잘 쓰려 하다 보면 글 한 줄 쓰고 멍 하니 앉아 있을 경우가 대부분이다. 남을 의식하기 때문이다. '자화자찬', '자아도취' '자가당착' 을 '횡설수설' 이라는 틀에 넣고 마구 써간다.

일정 기간 이 자화자찬의 과정을 거치다 보면 어느 시점에서 서서히 세상에 가장 맛있는 반찬은 누가 뭐래도 '자화자찬'이다.

자기의 본 모습을 발견하게 되면서 냉정을 되찾게 된다. 이때가 바로 정직하게 쓰기의 단계인 것이다.

2. 그리기의 기초 훈련

구도, 원근, 명암 등은 그림 기초 훈련에서 익히는 과정이다. 그런데 안타깝게도 우리나라 학교교육의 글쓰기 시간에는 세필 묘사 과정이 부족한 것 같다. 관찰일기나 기행문 등을 읽어 보면, 자기가 직접 눈여겨본 것은 없고 인터넷 자료에다 자기가 느꼈다는 내용만으로 원고지를 채우려는 경우가 많다. 이처럼 일차 묘사 및 세필 묘사 훈련이 많이 모자라다는 것을 현장학습에서 경험한다.

그래서 하나의 대상을 놓고 구도 원근 명암 등의 미술이론을 적용시킨다. 관찰일기 등을 적극 활용하면서 지정된 대상의 아주 세세한 사항에 이르기까지 빠짐없이 옮겨 적는 훈련을 쌓아야 한다.

이때 쓰는 사람의 시력이나 어휘력에 따라 글의 가치가 달라지게 마련이다. 건축설계사가 집을 그릴 때 주춧돌부터 그리고 어린이에게 집을 그리라면 지붕부터 그린다. 초보자의 글쓰기가 대체로 이와 비슷하다. 큰 것에만 눈을 주고 그리려 든다. 그래서 시력 개발이나 어휘력 개발이

건축설계사가 집을 그릴 때 주춧돌부터 그리고 어린이에게
집을 그리라면 지붕부터 그린다. 초보자의 글쓰기가 대체로
이와 비슷하다.

금방 한계에 머물고 만다.

3. 양파 껍질 벗기기

자화자찬의 반대편에 자기 푸념이 있다. 내성적인 중학생이 일기를 쓴
다고 가정해 보자. 의기소침 자기 부정에서 시작하여 막연한 의심, 불안
과 불만의 과정을 거쳐 반항 단계에 도달하게 된다. 이러한 현상은 나이
가 들어서도 계속된다. 그런데 나이 들면 일기 쓰는 대신, 사람을 만나
기만 하면 소주잔 앞에 두고 막무가내 신세타령 비슷한 자기 넋두리를
쏟아낸다.

말은 허공중에 휘발되고 말지만, 글은 종이 위에 또렷하게 남는다. 그
렇다면 차라리 혼자 집에 눌러앉아 푸념, 넋두리, 자기 하소연 등을 글로
옮겨 적는 게 낫다.

글 속에는 틀림없이 '생각' 이 오르내리는 계단이 있다. 한 계단, 두 계
단, 세 계단…… 당초 막 쓰기 단계에서 시작했던 '자기 푸념' 이 차츰차
츰 '자기 분석' 단계로 나아간다. 한 겹, 두 겹, 세 겹, 네 겹, 다섯 겹……
이 점층적 자기 분석이야말로 의식의 양파 껍질을 벗기는 것과 같다. 그
래서 좀 아프다. 아픈 만큼 성숙의 기쁨도 따라온다.

이처럼 한 개인의 언행은 그 사람의 내면세계와 연결돼 있어서
한 줄의 문장에서 글쓴이의 정신을 헤아려 볼 수 있다.

4. 자기 푸념에서 자기 분석으로

"인지유언(人之有言) 계본어심(階本於心) 즉 사람의 말은 모두 그 마음에 뿌리를 둔다."라는 말이 있다. 수면 위로 드러난 빙산을 보고 그 밑에 가려져 있는 얼음의 크기를 유추해 낸다는 프로이트의 빙산이론 역시 이에 맞닿아 있다.

이처럼 한 개인의 언행은 그 사람의 내면세계와 연결돼 있어서 한 줄의 문장에서 글쓴이의 정신을 헤아려 볼 수 있다. 이때 푸념과 넋두리가 감정적 행위라면, 자기 반성, 자기 분석은 이성적 행위이다. 관찰일기 등에서 주변 사물의 세부 묘사를 익히노라면 어느새 자기 내면세계의 묘사도 가능하게 된다. 차츰차츰 자기 내면세계를 막연하게나마 글로 옮길 줄 아는 사람이야말로 미래에 훌륭한 작가가 될 수 있다.

제3강 '삼척'을 멀리하라

1. 더 낮은 곳을 향하여

지난 강좌시간에 두 가지 질문이 있었다. "내가 쓴 글이 유치하기 짝이 없다."라 했고, 하나는 "경험은 많은데 막상 쓰려면 무엇을 어떻게 써야 할지 모르겠다."는 내용이었다.

1) 더욱더 유치해지기

세상에 차츰차츰 길들여지기 시작하면서 잃어버린 당신의 본 모습에 대해 생각해 본 일이 있는가. 그리고 또 하나 '회복'이라는 단어에 대해 곰곰이 생각해 본 일이 있는가.

글쓰기 훈련은 이미 가식과 허영 등으로 똘똘 뭉쳐진 현대인들의 겉옷을 벗어던지려는 몸부림의 한 형태에 다름 아니다. 이 첫 질문 즉 "내가 쓴 글이 유치하기 짝이 없다."라는 질문에 대해 당신이라면 무어라 대답할 수 있겠는가.

스스로의 글에 유치하다는 점을 인지한다면, 이는 인식의 높이가 어느 정도 수준에 도달해 있다는 반증이다. 자기 인식의 눈높이가 그 정도라면, 본인 내면에 상당부분 차지하고 있는 가식과 허영도 감지해 낼 수 있을 것이다.

스스로의 글에 유치하다는 점을 인지한다면, 이는 인식의
높이가 어느 정도 수준에 도달해 있다는 반증이다.

　유치하다는 말 속에는 정직하고 순수하다는 의미도 포함돼 있다. 요즘
은 유치원 아이들조차 경쟁사회에 길들여지고 있다지만, 아이들은 아직
가식과 허영을 모른다. 이번 기회에 유치원에 다니는 어린 자녀들이 그
림일기 쓰는 모습을 유심히 지켜보라. 그리고 그 내용을 찬찬히 읽어 보
라. 정녕 당신이 글 쓰는 태도와는 많이 다를 것이다. 그래서 아이의 그
림일기 쓰듯 그렇게 써나가야 한다. 비로소 허영과 가식에 병들어 있던
당신 마음도 점차 회복되기 시작한다.

　2) 자기 앞에 솔직하기
　현재 당신이 쓰는 글은 남들과 경쟁할 단계의 수준이 아니다. 남들이
잘 쓴다고 나도 잘 쓰려고 하면 할수록 글줄은 수렁에 빠지고 만다. 배
고프면 배고프다 쓰고 미우면 밉다고 써라. 쓰다 보면 정직하게 쓰는 것
이 얼마나 도움이 되는가를 알 수 있게 된다. 지금 당신 앞에 펼쳐진 책
의 작가는 그런 과정을 다 거쳤다. 처음부터 이런 사람들과 자기 글을
비교한다는 것은 당치도 않다. 가수 흉내 내지 말고, 배우 흉내 내지 말
고, 작가 흉내 내지 말라. 당분간은 자기 모습, 자기 수준, 자기 습관대로
써 나가라. 그래서 글쓰는 습관을 길러나가야 한다.
　억지라는 말은 글쓰기 훈련 중에서도 사람을 지치게 하고, 심지어 글

하나의 글에도 반드시 입구가 있기 마련이다. 그 입구를 마련
해 주는 것이 제목이다. 이때 '제목'이라는 친구는 그 글의 첫
문장에 대해 고민한다.

쓰는 것 자체를 포기하게 만든다. 글쓰기를 포기하는 경우는 대체로 유
치 단계를 유치하다고 생각하기 때문이다. 단 한 줄을 쓰더라도 솔직하
게 써라. 그래야 다음 글줄도 풀린다.

2. 글의 실마리 찾기

1) 작은 제목 찾기

두 번째 질문, 즉 "경험은 많은데 어째서 그 경험이 글로 옮길 수 없는
것인가?" 그 문제에 대해서도 함께 생각해 보기로 하자.

초보자들의 글을 보면 대체적으로 그 제목이 크다. 제목이 크면 생각
도 막연하다. 생각이 막연하면 실마리가 보이지 않고, 글의 내용 역시
우왕좌왕해질 수밖에 없다.

오늘 이곳 강의실에 들어올 때 벽을 뚫거나 창을 넘어 들어온 사람은
없었다. 모두 강의실 입구 문을 열고 들어온 것이다. 이처럼 하나의 글에
도 반드시 입구가 있기 마련이다. 그 입구를 마련해 주는 것이 제목이다.
이때 '제목'이라는 친구는 그 글의 첫 문장에 대해 고민한다.

가령「학창 시절을 추억하며」라는 제목을 달고 글을 쓰려면 글의 시작
이 너무 막연하다. 차라리「억만이의 책가방」이라는 제목을 달면 글의

제목이 작을수록 내용이 알차고 제목이 클수록 그 내용이
우왕좌왕하고 보잘것없다.

실마리가 잡힌다. 그래서 학창 시절을 '억만이'와 함께하면 된다. 제목
이 작을수록 내용이 알차고 제목이 클수록 그 내용이 우왕좌왕하고 보
잘것없다.

2) 말의 세계, 글의 세계

말솜씨는 유창한데 글 솜씨는 엉망인 경우들을 본다. 왜 그럴까. 바로
훈련의 차이다. 글도 써 보지 않은 사람들은 너무 쉽게 말한다. "내가 살
아온 인생을 글로 써 남기고 싶다."고…… 그러나 평소에 글쓰기 훈련이
안 된 상태에서 책을 쓴다는 그 자체가 거의 불가능에 가까운 일이다.

글의 세계와 말의 세계는 비슷할 것 같으면서도 많이 다르다. 말(소리)
이란 휘발성이지만 글(기호)은 고착성이다. 말은 두뇌와 입과 연결돼 있
고, 글은 두뇌와 손에 연결돼 있다. 입놀림과 손놀림의 차이가 바로 말
과 글의 차이다. 그래서 입놀림과 손놀림의 일치시킬 수 있는 훈련이 필
요하다.

가령 소형 녹음기를 몸에 지니고 다니면서, 하루 동안 내가 입으로 쏟아
냈던 말을 글로 옮겨 적어 보라. 그때서야 말의 느낌과 글의 느낌이 다르
다는 것을 알 수 있다. 글을 쓰려면 당분간 이 훈련이 필요하다. 말하듯
글을 쓰고, 글쓰듯 말을 하라. 이 한마디로 당신 질문에 답하겠다.

> 글쓰기를 처음부터 방해하는 세 녀석이 있다. 바로 '별난 척',
> '아는 척', '아픈 척' 이라는 '척' 의 삼총사이다.

3. '삼척' 을 멀리하라

글쓰기를 처음부터 방해하는 세 녀석이 있다. 바로 '별난 척', '아는 척', '아픈 척' 이라는 '척' 의 삼총사이다. 세상에 별나지 않은 사람 없고, 별나지 않은 사물이 없고, 아프지 않고 핀 꽃이 없다. 별나기 때문에 존재하고 별나기 때문에 가치 있는 것이다. 그래서 당신 역시 별난 척하지 않아도 별나다는 것을 남들이 다 안다. 아는 척하지 않아도 남들이 당신 유식하다는 것을 알고 있고, 아픈 척하지 않아도 남들이 당신 아픈 것을 다 안다. 왜냐 하면 남들도 다 그런 마음과 과거와 현실, 아픔과 기쁨을 체험하기 때문이다. 공주병과 왕자병과 비슷한 아주 귀여운 병증은 당신만이 아니라 남들은 더하다는 점을 헤아려야 한다. 차라리 남을 공주로 인정하고 남을 왕자로 인정하는 것이 즐겁고 편하다.

禪宗 曰

선의 종지를 드러내는 말 중에

餓來喫飯倦來眠

'배고프면 밥 먹고 피곤하면 잠을 잔다' 는 표현이 있고

詩旨 曰

눈물이든 콧물이든 재채기든 하품이든 기침이든 똥이든
오줌이든 그것들은 때가 되면 억지 쓰지 않고도 몸 밖으로
나온다. 이처럼 몸에서 흘러나오는 체액에는 거짓이 없다.

시의 묘지를 드러내는 말 가운데
眠前景致口頭語
'눈앞의 경치를 사실대로, 평이한 말로 묘사한다' 는 표현이 있다.
蓋極高寓於極平
대체로 지극히 고원한 진리는 아주 평범한 가운데 깃들어 있고
至難出於之易
지극히 어려운 경지는 가장 평이한 곳에서 나온다.
有意者反遠
그러므로 일부러 의도하면 오히려 멀어질 것이요
無心者自近也.
마음을 비우면 저절로 가까워지리라.

—『菜根譚』후편 35장 전문

　결국 글이란 어떤 회로를 거쳐서든 읽혀지게 마련이다. 읽는 사람에게
감동을 주는 글들은 대부분 '척' 의 삼총사를 멀리한 마음 상태에서 쓰
여진 글들이라는 것을 기억할 필요가 있다.

캄캄한 지하실 방에 갇혀 당신을 애타게 기다리는 당신의
반쪽과 얼싸안고 울어라. 마침내 당신의 글이 생명을 얻는
순간이다.

4. 진실을 만나면 눈물이 난다

이번 강좌 첫 부분에서 '글쓰기란 잃어버린 나의 반쪽을 찾아 떠나는
머나먼 여로'라 한 바 있다. 그렇다면 그 진실된 나의 모습은 어디에 숨
어 있는 것일까.

눈물이든 콧물이든 재채기든 하품이든 기침이든 똥이든 오줌이든 그
것들은 때가 되면 억지 쓰지 않고도 몸 밖으로 나온다. 이처럼 몸에서
흘러나오는 체액에는 거짓이 없다. 살갗이 가려우면 긁어야 한다. 사람
들은 이처럼 보잘것없는 생리현상들에서 일종의 쾌감을 체험한다. 정신
적 배설작용인 글이야말로 그 쾌감의 울림은 크다.

다시 한 번 말하겠다. 진실을 만나려거든 유치하고, 유치하고 더 유치
해져라. 유치의 계단을 밟고 더 아래로 내려가라. 그곳에 부끄러움이 다
사라지는 단계가 있다. 비로소 부끄러움이 없는 자기만의 세상, 또는 본
모습이 거기 있다. 그런데 그곳에 있는 당신의 반쪽을 만나기 위해서는
먼저 가식과 허영의 옷을 벗어야 한다. 그래서 캄캄한 지하실 방에 갇혀
당신을 애타게 기다리는 당신의 반쪽과 얼싸안고 울어라. 마침내 당신
의 글이 생명을 얻는 순간이다.

제4강 아미엘의 반딧불

1. 거울을 본다는 것

일상적 삶의 기록이 평면적인 것이라면, 인간 내면의 기록은 입체적이라 할 수 있다. 글이 또한 영혼의 발자국이라 한다면, 그 발자국은 내 육신을 정신의 세계로 안내하는 징검다리 구실을 한다. 이처럼 삶과 언어가 만나면서 발견되는 삶과 생각의 다채로움이야말로 인생을 평면적 구도에서 입체적 구도로 변모시킨다.

지극히 현실적인 문제, 주로 의식주 문제로 다뤄지는 이 삶의 평면구도는 인간 자체를 얼핏 기계 또는 동물의 세계에 머물게 한다. 이 평면적 공간에서 입체적 공간으로의 진입이야말로 생의 반쪽 공간에서 길을 잃고 방황하는 또 하나의 나를 발견하기에 이른다.

현실적 구도 즉 평면적 구도를 씨줄이라 했을 때, 정신적 구도 즉 입체적 구도인 날줄이 가미되면서 우리 삶의 직조가 아름다워진다. 마침내 글을 통해서 자기의 또 다른 가치를 발견하게 한다.

평생 짝사랑의 대상을 가슴에 품고 산다는 것은 슬픈 일이다. 그러나 그 슬픔은 결국 아름다움을 낳는 밑거름이 된다. 내가 외로운 까닭은 혼자여서가 아니라 반쪽이어서 그렇다. 나의 반쪽은 이처럼 글이라는 거

내가 외로운 까닭은 혼자여서가 아니라 반쪽이어서 그렇다.

울 속에서 나를 바라보고 있다. 그래서 거울을 자주 보는 사람은 늙지 않는다.

2. 아픔을 알아야 아름다움이 보인다

글이란 한 개인의 삶을 솔직한 마음가짐으로 돌아보고 극복하려는 의지의 기록이며 동시에 삶을 추구하는 열정의 표현이다. 그래서 글이란 한 개인이 감당해야 할 몫의 아픔과 불행의 크기를 보여주는 기록이자, 그것을 감당하는 정신의 척도가 되며, 더 나아가 그 시대 사람들이 지향하는 꿈과 희망의 높이를 가늠하는 근거가 되기도 한다.

사랑이 무엇일까. 사랑이란 '같이 있고 싶어 하는 마음의 상태' 라 했을 때 같이 있고 싶어 하는 그 대상이 누구일까. 말굽형 자석 두 개를 맞잡고 결합시키려 했을 때 N극은 N극을 밀어낸다. N극이 S극을 당기는 것처럼 생명이 있는 것들은 간절히 그 대상을 찾는다. 글이란 한 대상의 언어화로서 대상과 언어의 만남에서 얻어지는 정신적 생명체이다. 어둠을 모르면 빛의 정체도 모른다. 캄캄한 땅속에 없으면 한 송이 장미꽃을 기대할 수 없다. 아픔과 불행을 체험하지 못한 자는 기쁨과 행복이 뭔지 모른다.

어둠을 모르면 빛의 정체도 모른다. 아픔과 불행을 체험
하지 못한 자는 기쁨과 행복이 뭔지 모른다.

3. 아미엘의 반딧불!

이 계절이 되어 비로소 반딧불을 보았다. 랑시에서 읍내 쪽으로 내려가는 조
그만 오솔길 가의 잔디 속에 있었다. 살그머니 풀 위를 기어가는 것이 주춤하는
사상이나 완성되려고 하는 기능과도 같았다.

  — 『아미엘의 일기』 중에서

아미엘이 그가 살았던 스위스의 한 마을에서 읍내 쪽으로 향하는 조그
만 오솔길을 걷다가 풀 위를 걷는 반딧불 한 마리를 발견했던 것 같다.
그는 걸음을 멈추고 쭈그리고 앉아 그 벌레를 유심히 바라봤을 것이다.
우리는 여기에서 그때 풀 위를 더듬어 갔던 반딧불 한 마리에 생각이
머문다. 그 반딧불은 150년이 지난 지금에도 여태 파르스름한 꽁지의 불
을 켜고 우리 사색의 풀밭 위를 기어가고 있는 것이다. 마침내 우리 내
면에 주춤하려는 사상이나 완성되려고 하는 기능과 만나면서 공감을 일
으키는 것이다.
글은 모든 사물이나 사상, 시공을 초월한 영원의 풀밭을 거닐게 하는
힘을 지닌다. 그 반딧불은 150년 후 제주도 어느 한 인간을 통해서 여러
사람의 뇌성을 자극하고 있는 것이다.

'지금 이곳'에서 정직하지 못하면 '미래의 그곳'에서도
아무도 당신 글을 읽지 않을 것이다.

'지금 이곳' 이야말로 당신 과거의 축약이며 미래로 향하는 시발점이
다. 당신이 진정코 글을 쓰고자 한다면 우선 정직한 눈을 가져야 한다.
그 정직한 눈을 가짐으로써 세상은 당신에게 정직한 모습을 보여준다.
그 정직함이야말로 하늘이 사람들에게 요구하는 모습이며, 당신의 첫
독자에게 선사할 수 있는 기쁨이기도 하다. '지금 이곳'에서 정직하지
못하면 '미래의 그곳'에서도 아무도 당신 글을 읽지 않을 것이다. 능숙
한 표현보다 정직한 표현이 독자의 마음을 움직인다. 가장 편한 것 또한
가장 정직한 것이다.

제5강 바람도 대상을 만나야 소리를 얻는다

1. 물기, 불기 그리고 바람기

바람은 본래 소리가 없다. 초속 5미터이든 50미터이든 아무리 세게 불어도 그 바람이 부딪히는 대상이 없으면 무성의 상태로 흐를 뿐이다. 그러다가 풀잎을 만나면 풀잎 소리를 얻고, 천년 묵은 소나무를 만나면 노송의 소리를 얻는다. 피리를 만나면 피리 소리를, 전깃줄을 만나면 전 깃줄 소리를, 트럼펫을 만나면 트럼펫 소리를 얻는다.

우리의 내면에도 물기와 불기와 바람기가 있다. 바로 감각이라는 요소 들이다. 이 세 가지 '끼'는 뭔가 만나기만 하면 즉각 반응을 일으키려고 발버둥 친다. 그러나 하나의 대상을 만났을 때의 반응은 제각각이다. 세상 그 많은 사람들의 얼굴이 다르듯, 그 목소리가 다르듯 이처럼 하나의 대상 을 만났을 때 상응하는 양상이 제각각임을 알 수 있다. 바로 개성이다.

발 딛는 자리에서
뽀득뽀득 일어서는

새벽 서릿발이
내 정신의 안부를 묻네,

우리의 내면에도 물기와 불기와 바람기가 있다. 이 세 가지 '끼'는 뭔가 만나기만 하면 즉각 반응을 일으키려고 발버둥 친다.

다 태운 촛농 너머로
금식팻말의 산정을 보네

바람이 노송을 만나
천년 득음(得音)의 한을 풀 듯

안개가 첨봉을 섬겨
만년설빙의 반열에 오르듯

물 맺힌 찔레 가지에
한 줄 시가 빛나고 있었네.

—「새벽의 시」 전문

2. 그대 가슴은 킴벌리광산

2010년 월드컵 축구 개최국인 남아프리카공화국에 그 유명한 다이아몬드 광산이 있다. 바로 킴벌리광산이다. 신이 꼭꼭 감춰둔 다이아몬드를 사람들이 수천 미터 땅속 깊이 파 들어가 캐내는 곳이다.

우리는 여기에서 '수천 미터'라는 캄캄한 지하세계를 상상할 필요가

우리가 흔히 '개성' 이라고 말하는 자랑거리도 남들
보기에는 '나쁜 습관' 일 가능성이 다분하다.

있다. 마그마와 가까운 그곳은 아마도 몹시 뜨거울 것이다. 한 번도 탐색해 본 일이 없는 당신의 내면에는 마그마와 같은 심장이 뜨겁게 울렁이면서, 신이 감춰둔 정신의 다이아몬드가 정녕 존재할 것이다. 지상의 모든 사물이 바로 그 광산의 다이아몬드를 감추는데 일조하고 있다면, 광부의 노력 없이는 결코 그곳에 도달할 수 없다.

초등학교 6학년만 되면 소크라테스 아저씨의 한마디, "너 자신을 알라."를 안다. 그러나 대부분의 사람들은 그 말을 '언어' 로만 기억할 뿐 진정한 그 언어의 효용가치에 대해서는 관심이 없는 것 같다. 그리고 평생 한 번 그 언어를 실천의 단계로 옮겨 보지 못하고 세상을 살다 간다. 당신의 내면에 있는 생명처럼 소중한 그 무엇, 글쓰기란 이처럼 빛나는 정신의 금붙이를 캐내는 작업임을 잊어서는 안 된다.

3. 궁체의 철학

미술을 공부하는 학생들은 로댕의 '생각하는 사람' 이나 베토벤의 석고 두상의 세필 묘사 훈련과정을 반드시 거친다. 또한 서예를 공부할 경우에도 궁체 훈련과정을 거친다. 이 과정에서는 무엇보다 자만, 고집, 감정 따위를 철저히 버리겠다는 마음가짐이 필요하다.

감귤도 크게 될 열매는 어릴 때부터 껍질이 울퉁불퉁하다.
그래서 훌륭한 기사(騎士)는 사나운 말을 고른다 하였다.

예술에 있어서 개성은 곧 작가의 생명이다. 그래서 작품의 모방이나 표절이야말로 비난의 대상이 된다. 그러나 진정한 자기 개성을 찾기 위해서는 먼저 자기가 알고 있는 자기 개성을 뽐내려는 자세부터 버려야 한다. 여기서 분명히 짚어야 할 점이 있다. 우리가 흔히 '개성' 이라고 말하는 자랑거리도 남들 보기에는 '나쁜 습관' 일 가능성이 다분하다. 앞에 놓아져 있는 대상 즉 본보기를 철저히 모방하면서 자기 주관을 하나 둘 떨쳐내는 훈련과정으로써, 말 그대로 '잘난 척하지 말고 조교가 시키는 대로 따르라' 는 것이다. 이 훈련과정을 거친 다음에야 비로소 자기도 몰랐던 진정한 자기 개성을 찾아낼 수 있다.

4. 막 쓰기와 잘 쓰기

감귤도 크게 될 열매는 어릴 때부터 껍질이 울퉁불퉁하다. 그래서 훌륭한 기사(騎士)는 사나운 말을 고른다 하였다. 어린 열매 당시부터 매끄럽고 예쁜 열매는 완숙한 다음에도 그 크기가 작다. 글쓰기의 단계에 막 쓰기과정이 필요하다. 막 쓰기란 가식 없이 쓰기, 정직하게 쓰기, 본 대로 쓰기의 과정이다. 적어도 이 과정은 1년 정도 거쳐야 하지만 사람에 따라 짧아지는 경우와 더 오래 걸리는 경우가 있다.

화장이 짙을수록 본얼굴이 가려지고 개인적인 아름다움이나
매력은 유행이나 대중문화 속에 매몰되어 간다.

사소한 문장에 문법을 따지고 어휘력을 따지고 논리를 따진다. 물론 따져야 한다. 그러나 이 막 쓰기과정에서는 문법이니 논리니 다 무시해야 한다. 그 대신 본 대로 느낀 대로 아니면 엉뚱한 생각까지, 여태 감춰 두고 끙끙 앓던 비밀에 이르기까지 막 쏟아내야 한다. 이 과정에서 비로소 소크라테스 아저씨의 "너 자신을 알라."라는 말이 실감나게 될 것이다. 그런 과정에서 글의 생명력은 물론 개성 또는 문학적 가능성까지 헤아려 볼 수 있게 한다.

"글이 왜 막히는 것이며, 글이 막힐 때는 어떻게 하느냐."는 질문을 받는다. 그 이유를 가만히 생각해 보면 잘 쓰고자 하는 욕심 때문이라는 점을 알 수 있다. 사람은 혼자 있을 때 가장 솔직해진다. 남을 의식하지 않기 때문이다. 남을 의식하기 때문에 면도를 하고 세수를 하고 화장을 한다. 화장이 짙을수록 본얼굴이 가려지고 개인적인 아름다움이나 매력은 유행이나 대중문화 속에 매몰되어 간다.

개판인 세상에도 겨울 숲은 온전하데
그 숲에서 뽑혀 나온 직박구리 두 마리가
"개—새끼, 씨—입 새끼" 하며

세상에 좋고 예쁜 말만 골라 쓰려다간 A4용지 절반도 채우지 못하고 주저앉고 만다.

내게 욕을 퍼붓데

욕쟁이 텃새들만 모여 산다는 그 겨울 숲
욕이라면 내가 어찌 직박구리 저만 못하랴
"개―새끼, 씨―입 새끼들!" 하며
나도 실컷 퍼붓고 왔지.

―「오늘 7―07년 12월」 전문

'막 쓰기'에는 '거침없이 쓰기'라는 의미도 포함된다. 이 과정만큼은 자신의 해방구로 생각하고 그 어떤 내용이든, 그 어떤 단어든 막 쏟아내야 한다. 세상에 좋고 예쁜 말만 골라 쓰려다간 A4용지 절반도 채우지 못하고 주저앉고 만다.

제6강 글쓰기와 자기 변화

1. 삼천배의 의미

"나를 만나려면 삼천 번 절을 하고 오라."던 과거의 한 종교 지도자를 우리는 기억하고 있다. 그리고 그가 결코 절에 굶주린 사람이 아니라는 것도 알고 있다.

'절'이란 외형적으로 힘써 굽히는 것, 힘써 낮추는 것, 힘써 따르는 것이다. 경험자들은 힘써 굽히고 힘써 낮추기를 매일 백 번 넘게 하다 보면 그 어떤 운동 못지않게 체형 변화가 나타난다고 한다. 그렇다면 그 종교 지도자가 권하는 삼천배의 의미는 무엇일까. 거기에는 분명 자기 변화의 철학이 담겨져 있는 것 같다. 자기가 변화해야 생명의 길도 열리고, 행복의 길도 열리고 천당 극락의 길도 열린다는 의미일 거다. 어쩌면 종교의 진정한 가치도 개인 개인의 내면 변화에 있을지 모른다.

길에도 정녕 두 종류가 있다. 독서는 남이 닦아놓은 길을 가는 것이고, 쓰기는 그 길이 끝나는 지점에서 내가 새롭게 길을 내는 것이다. 처음으로 자기가 나서서 새로운 길을 열겠다는 마음가짐이야말로 생애에 가장 위대한 꿈이 아닐 수 없다. 이처럼 글을 쓰겠다고 마음먹는 순간부터 가슴이 뜨겁다는 것이 느껴진다. 그게 바로 자기 변화의 조짐인 것이다.

매년 삼천 번 절하는 자에게 꼬박꼬박 고사리 다섯 근을 허락하시는

> 매년 삼천 번 절하는 자에게 꼬박꼬박 고사리 다섯 근을
> 허락하시는 한라산의 심중을 헤아려 볼 필요가 있다.

한라산의 심중을 헤아려 볼 필요가 있다.

2. 영혼의 발자국

지식이란 '암기의 앎', 오로지 필기시험 치르기 위한 앎이고, 지성이란 그 지식을 삶에 실천하는 이른 바 '실천하는 앎' 이라고 앞 강좌에서 말한 바 있다. 손가락으로 달을 가리키면 마냥 그 손가락만 보는 개가 있는가 하면, 그 손가락 방향에 있는 달을 향하는 개가 있다. 달을 가리키는 주인의 손가락만 처다보는 개가 바로 전자이고, 그 손가락 방면에 있는 달을 바라보고 그곳으로 다가가는 개가 후자인 셈이다.

글쓰기는 단순히 백지 위에 글자를 옮기는 행위로만 생각하는 경우가 의외로 많다. '글' 이 '길' 이라고 했을 때 그 길이 가장 먼저 통하는 지향점이 바로 자기 내면이라는 점을 명심해야 한다.

글은 곧 그릇이요, 음식물이요, 그림이요, 거울이요, 손바닥이요, 올레 걷기라고 지난 강좌에 말했던 기억이 있다. 그리고 오늘은 '글' 은 '길' 이라고 말하겠다. 왜냐면 글쓰기 과정 과정에서 한 계단을 지나칠 때마다 내 생각의 방향은 글이 가리키는 화살표 방향을 향하고 있다는 것이 확인되기 때문이다. 당초에는 글이 쓰는 이의 심부름꾼 노릇을 하다가,

영혼이 휘어 있으면 글도 휠 수밖에 없고, 영혼이 바로
섰을 때 글이 또한 바로 선다.

결국에는 나의 시력, 어휘력, 상상력은 글의 심부름꾼이 되고 만다.

산악인이며 시인인 김장호 교수는 "길이 끝나는 지점에서 등산은 시작된다."고 했다. 아무도 가지 않았던 곳으로 내가 첫 발자국을 찍어놓고, 그 발자국 따라 또 다른 발자국이 찍히고, 그 발자국 위에 또 다른 발자국이 찍히면서 나아갈 때 하나의 길이 형성된다. 그래서 글은 영혼의 발자국이면서 영혼의 그림자라고 말할 수 있다. 영혼이 휘어 있으면 글도 휠 수밖에 없고, 영혼이 바로 섰을 때 글이 또한 바로 선다는 의미이다. 그러나 휘어지든 병들었든 그 상태에서 정직하게 쓰다 보면 이번에는 글이 그 영혼을 일으켜 세운다.

가르치는 동안에 외운다. 이야기하고 있는 동안에 관찰한다. 주장하고 있는 동안에 검사한다. 보여주고 있는 동안에 바라본다. 쓰고 있는 동안에 생각한다. 펌프를 움직이고 있는 동안에 물이 우물에 솟는다.

　―『아미엘의 일기』 중에서

3. 피라미의 교훈

처음으로 〈고정국 글쓰기 강좌〉에 참석하는 사람들은 "이건 글쓰기

이 '변덕' 이야말로 그때그때 상황에 따라 얼굴색을
바꾼다. '교활', '눈치 보기' 형태를 보이지만 지능적
으로 '중용' 이라는 탈을 쓴다.

강좌가 아니고 엉뚱한 인생수업이네, 좀 건방지잖아!' 그래서 첫 수업만
받고 다시 오지 않는다. 그럴 때마다 필자는 오히려 다행이라고 생각한
다. 글을 쓰려면 먼저 그 준비가 중요하다. 과정을 생략하고 결과만을
추구하는 글쓰기 태도는 끝내 함량 미달의 범주를 벗어나지 못한다. 훌
륭한 작가의 명함엔 시인이니 수필가니 하는 등의 관형사가 보이지 않
는다.

대부분의 사람들은 '변화' 와 '변덕' 과 '변질' 을 혼동한다. 변화란 부
정 쪽에서 긍정 쪽으로 향하지만, 변질은 긍정 쪽에서 부정 쪽으로 향한
다. 변화는 자아 성찰, 깨달음, 거듭나기, 발전 등의 의미이다. 그러나 변
질은 배반, 변절, 부패의 의미를 포함하면서 중심 개념의 포기에까지 다
다른다. 변화와 변질 사이에 변덕이 있다. 이 '변덕' 이야말로 그때그때
상황에 따라 얼굴색을 바꾼다. '교활', '눈치 보기' 형태를 보이지만 지
능적으로 '중용' 이라는 탈을 쓴다.

글쓰기는 끝없이 내면 변화를 추구한다. 강을 거슬러 오르는 피라미
떼를 보라. 저들은 강의 상류 쪽을 향해 한시도 지느러미 짓을 멈추지
않는다. 그 도전의 모습이야말로 시대의 흐름에 유실되지 말라는 미물

세상에서 가장 수명이 짧은 단어가 '유행' 과 '인기' 와
'권력' 이라는 점을 명심해야 한다.

들의 메시지다. 그토록 보잘것없는 피라미 새끼들한테 이처럼 역류의 정신을 배운다. 그 피나는 노력이 없으면 시대의 거센 물살에 살아남기 어렵다. 독자들에게 회자되는 작품 치고 쉽게 쓴 작품은 없다. 작가가 고생한 작품 앞에선 독자들이 기뻐하고, 작가가 함부로 쓴 글 앞에선 독자들 인상이 편치 않다.

세상에서 가장 수명이 짧은 단어가 '유행' 과 '인기' 와 '권력' 이라는 점을 명심해야 한다. 농사꾼의 근본은 농사기술이 아니라, 바로 남보다 일찍 일어난다는 새벽 정신에 있다. 진정한 시인 작가가 되려 한다면, 어설픈 기교나 이론보다 그 바탕과 근본 갖추기에 애쓰라. 천천히 가라, 바르게 가라, 끝까지 가라! 기왕 말이 나온 김에 문학의 길로 들어선 당신에게 이 한마디를 더하고 싶다.

4. 문학이론의 허와 실

지속성, 창의성, 정직성! 이 세 가지 조건을 갖출 수만 있다면 한라산을 서울로도 옮길 수 있다. 요즘 글쓰기 강좌에는 대부분 '게으름' 과 '망설임' 과 '안절부절' 의 병증을 치렀던 사람들이 찾아온다. 그 부정적 병증을 긍정적으로 돌이켜 세우는 가장 절실한 방법이 글쓰기임을 대부분

천천히 가라, 바르게 가라, 끝까지 가라! 한 분야에 업적을 이룬 자들에게는 반드시 이 세 가지 공통점이 있다.

깨달았기 때문이다.

그런데 초보자들인 경우 글쓰기의 이론적인 면을 많이 고민한다. 시 쓰는 법, 수필 쓰는 법, 소설 쓰는 법 등…… 미안하지만 세상에 그런 법은 없다. '법' 이란 말이 얼마나 강압적이고 위선적이고 비효율적이라는 것인가를 글을 써 보면 안다. 좋은 글을 썼다면 그 안에 새로운 질서가 탄생하는 것이고, 그 글 자체가 본보기가 된다. 설령 법이 있다면 그건 글을 써나가는 동안에 스스로 체득되어지는 것으로 봐야 한다.

되풀이해서 말하겠다. 천천히 가라, 바르게 가라, 끝까지 가라! 한 분야에 업적을 이룬 자들에게는 반드시 이 세 가지 공통점이 있다.

학교에서 배우는 문학이론은 오로지 시험답안지의 '괄호 넣기' 용도와 크게 다르지 않다. 내 전공이 문학이나 문예창작과가 아니라고 기가 죽거나 망설일 필요는 없다. 다만 초 · 중 · 고등학교 국어책 두 번 정도 읽어두면 된다. 차라리 다른 분야 하나에 전문지식을 쌓아두는 것이 백 번 낫다. 나의 경우, 문학이론을 의식하며 글을 써 본 경우는 단 한 차례도 없다. 제발 이제 잡다한 핑계 그만 대고, 하루 한 페이지 읽기, 하루 한 줄 쓰기, 하루 한 번 하늘 보기를 3년 만 계속해 보라. 그리고 그때 가서 우리 다시 이야기하기로 하자.

제7강 서정의 트라이앵글

1. 서정의 텃밭 가꾸기

시험, 논술 등 실용문들에 점령당한 학교 국어시간은 황량할 거다. 물기도 기름기도 없이 바삭바삭 메말라버린 문장들처럼 이 시대 청소년들의 가슴도 황량할 거다. 그래서인지 요즘 어른들의 가슴도 황량하기 그지없다. 공부하고 돈 벌고 출세하는 것밖에, 문학이니 예술이니 서정이니 하는 언어 자체가 사치스럽다.

그렇다면 공부 잘하고 돈 많이 벌고 출세 잘하는 사람들이랑 계속 몸고생 마음고생 하도록 놔두자. 그래서 우리처럼 공부 못하고 돈 없고 출세 못한 사람들이 이런 때 좀 사치하며 살아가자. 글쓰기를 통한 정신의 호사를 누리면서 돈보다 공부보다 출세보다 더 가치 있는 것이 무엇인가 찾아보도록 하자. 그렇다. 이참에 좀 더 깊고 아름답게 인생을 누리자. 감정의 목걸이를 최고로 비싼 언어의 다이아몬드로 갈아치우고, 황금 기둥으로 세운 최상의 저택에 내 영혼을 머물게 하자.

그러나 개인의 희로애락의 감정은 복잡 미묘해서, 그 사치스런 저택의 터전을 닦는 데만도 상당부분 훈련이 필요하다. '쓰기' 단계에서 '짓기' 단계로 넘어갈 때는 누구나 이 서정의 텃밭을 가꿔야 한다. 거기에

> 우리는 꽃 이름 몇 알고, 새 이름 몇 알고, 오름 몇 번 오르
> 고, 올레 걷기 좀 했다고 거드름을 피운다. 그러나 사람들은
> 세상에서 제일 깍쟁이가 바로 자연이라는 사실을 모른다.

다 시인이나 작가를 지망하는 경우에는 한층 강화된 감수성 훈련이 필요하다. 이때 개인의 감정 표현이 대부분 자연에 의존하고 언어에 의해서 마무리된다. '자연', '사람', '언어'라는 서정(抒情)의 트라이앵글은 시인 작가들이 지니고 다니는 고품격 타악기임을 잊어서는 안 된다. 인식의 폭이 깊은 사람들은 시인이 되기 이전에 이 서정성의 그릇을 갖추려 든다. 시종 남의 흉내를 내거나 말장난만 하다 사라져가는 함량 미달의 시인들을 숱하게 보아왔기 때문이다.

2. 하늘의 영접(자연)

하늘은 나무 이파리 하나에게는 그 이파리가 필요한 만큼의 빛과 물과 바람 이외엔 주지 않는다. 그런 줄도 모르고 우리는 꽃 이름 몇 알고, 새 이름 몇 알고, 오름 몇 번 오르고, 올레 걷기 좀 했다고 거드름을 피운다. 자연에 관련된 책 몇 권 읽고서는 자연문화해설가나 관광안내원처럼 떠벌인다. 그러나 사람들은 세상에서 제일 깍쟁이가 바로 자연이라는 사실을 모른다.

사필귀정(事必歸正)이란 말을 자연에게서 듣지 않고, 성인이나 책에서나 학교 선생님한테서만 들으려 한다. 그래서 사람들은 인간이 만들어

살아 있는 것 바로 옆에 죽어 있는 것을 눕히고, 착한 것
옆에 모진 것을 세우고, 암컷 옆에 수컷을 세우고, 사랑
옆에 미움을 준비하고, 어둠 속에 빛을 가둬놓고, 슬픔 옆
에 기쁨을…….

놓은 법과 도덕을 중시하고 또 강요한다.

자연의 법과 질서는 그야말로 '자연스러운 것' 이어서, 살아 있는 것 바로 옆에 죽어 있는 것을 눕히고, 착한 것 옆에 모진 것을 세우고, 암컷 옆에 수컷을 세우고, 사랑 옆에 미움을 준비하고, 어둠 속에 빛을 가둬놓고, 슬픔 옆에 기쁨을 대기시킨다. 사람들은 우주 내 원자(原子)의 수나 에너지의 총량이 변하지 않는다는 것은 밝혀내면서도, 기쁨과 슬픔의 총량도 변하지 않는다는 것은 거론하지 않는다. 그래서 무생물이 생물로 재활용되고, 기쁨이 슬픔으로 재활용되고, 어둠이 빛으로 재활용되는 것을 외면한다.

이처럼 자연은 인간 모습의 대명사이면서 내면세계의 상형문자이다. 하늘의 축약된 모습이고 진실의 비밀금고다. 그래서 사람들은 자연에게 "금 나와라 뚝딱! 밥 나와라 뚝딱!" 하며 도깨비방망이를 휘두른다. 그런데도 자연의 톱니바퀴는 그 회전이 무척 느려서 멀찌감치 떨어져 빙그레 웃기만 하신다. 그러다가 가장 자연스러운 모습을 지닌 사람의 마음속에 들어와 조용히 자리하신다.

가장 자연스러운 정신의 형태야말로 그 자연을 가슴에 영접해 있는 마음가짐인 것이다. 그게 서정의 첫걸음이다.

> 누구에게나 슬픔이나 아픔이 있다는 것은, 누구에게나
> 기쁨과 아름다움이 다가올 수도 있다는 거다.

3. 아픔 쏟아내기(체험)

'부슬 부슬 부슬 부슬 부슬 부슬 부슬 부슬……' 어젯밤 빗소리는 손아랫사람의 반말처럼 어질고 정겨웠다. 때로는 하늘도 아픈 구석이 있는지, 조용히 내 창가로 다가와 우는 듯 웃는 듯 낮은 목소리로 밤을 함께하다 가신다.

내가 슬픔을 체험한 만큼 하늘의 새들이나 땅속의 개미들도 슬픔을 겪는다. 겨울 나뭇가지 끝을 분주하게 오가면서 절망을 외치는 직박구리를 바라보노라면, 나도 저들처럼 "개―애 새끼들! 씨―입 새끼들!" 하면서 세상을 향해 직설적으로 아픔을 쏟아내고 싶을 때가 있다.

한 많고 설움 많은 세월을 살아온 이 땅 사람들 가슴속엔 기쁨보다 슬픔의 공간이 크게 자리한다. 유심히 주변을 살펴보면 남녀노소 할 것 없이 슬픔과 아픔을 간직하고 있는 것이 확인된다. 그 뿐만이 아니다. 세계 유명한 예술품이나 문학작품들은 대부분 비극과 아픔에 뿌리를 두고 있음을 알 수 있다.

누구에게나 슬픔이나 아픔이 있다는 것은, 누구에게나 기쁨과 아름다움이 다가올 수도 있다는 거다. 그 슬픔이나 아픔이 언젠가는 분명히 기

높은 산과 깊은 계곡이 할 일 없어 거기 있는 게 아니다.
깊은 만큼 높아지고 높은 만큼 낮아진다는 점을 천년만년
우리에게 보여주고 있는 것이다.

뽐이나 아름다움으로 재활용된다는 점을 우리는 기억해야 한다. 높은 산과 깊은 계곡이 할 일 없어 거기 있는 게 아니다. 깊은 만큼 높아지고 높은 만큼 낮아진다는 점을 천년만년 우리에게 보여주고 있는 것이다.

이처럼 누구나 지니고 있는 아픔의 보따리들을 글이라는 바구니에 다 쏟아내 보자. 이번 창작 수강생들에게 〈아픔 막 쏟아내기—10〉을 6개월의 과제물로 제시한 것도 바로 그런 이유에서이다. 누구든지 글을 쓰고자 한다면, 〈나의 아픔 베스트—10〉을 정하고 원고지 10매 분량으로 10회 정도 쏟아내 보라. 그때서야 이 여름 진흙투성이에 뿌리를 박고 막 피어오른 연꽃의 의미를 헤아리게 될 것이다. 나의 아픔이 없다면 남의 아픔을 대신 이야기하라. 남의 아픔을 내가 울어주는 자가 바로 시인이다.

4. 어휘력은 작가의 군사력

당신은 오늘 하루 동안 입으로 말한 단어가 몇인가를 생각해 봤는가. 돈에 관련된 이야기, 제 새끼 잘나고 제 잘난 이야기, 남을 비웃는 이야기, 어디 놀러 갔다 온 이야기, 그곳에서 먹고 마신 음식 맛이며 분위기 정도밖엔 더 뭐가 있는가. 거기에다 당신이 지금까지 글로 옮겨 써 본 말(단어)의 수가 얼마나 되는가를 생각해 본 일 있는가. 하루 수없이 주

당신의 어휘력이야말로 당신 정신의 군사력이다.

고받는 문자메시지, 이메일, 카페, 블로그 등에 사용했던 단어의 수가 몇이나 될 것인가를 생각해 본 일이 있는가.

요즘 밤바다엔 집어등 불빛이 수평선을 밝힌다. 멀리서 바라보면 그 불빛 수가 엄청 많은 것 같지만 하나, 둘, 셋, 넷, 다섯…… 헤어 보면 많아야 5, 60개를 넘지 않는다. 자연을 만나서 아무리 보고 느꼈다고 하지만, 그에 합당한 낱말로 옮겨놓지 않으면 그저 스쳐가는 그림일 뿐이다. 자기 감정이 아무리 슬프고 아프고 아름답지만 그에 합당한 낱말로 이어내지 못하면 노래방에 가서 노래 한 번 부르고 마는 격이다.

우리나라 국어사전엔 외래어를 포함해서 적어도 30만 단어가 수록돼 있다. 30만 대군의 단어들은 캄캄한 국어사전 책갈피에서 당신의 호출 명령을 기다리고 있다. 당신의 어휘력이야말로 당신 정신의 군사력이다.

‘자연’과 ‘체험’과 ‘언어’에 대한 이해가 깊을수록 ‘서정’이라는 당신의 텃밭은 기름지다.

제8강 내면의 상형문자를 찾아서

1. 하늘의 심부름꾼

시인이란 언어의 꽃가루를 물어 나르는 꿀벌 같은 존재, 하늘이 사물을 통하여 인간에게 전하는 우주적 언어를 우리말로 받아쓰는 존재라 할 수 있다. 한편 자연은 진실의 당체이며 창조의 완결편이다. 인간 사회에 존재하는 사상, 철학, 과학, 법률, 예술 등의 바탕은 물론 우리의 호기심에 답하는 상형문자이기도 한 것이 바로 자연이다. 그래서 하늘은 사람들 마음속에 시의 텃밭을 마련해 주었고, 시인은 하늘이 내리신 텃밭을 가꾸는 (아주 게으른) 하늘의 '심부름꾼 또는 농부' 이다.

수많은 고리의 오묘한 연쇄, 가장 옆의 고리가 가장 먼 고리에까지 이르나니 별들은 일종의 경외감을 불러일으킨다. 별들은 언제나 하늘에서 빛나고 있지만 우리가 그들에게 결코 도달할 수 없기 때문이다. 모든 자연물 역시 우리가 마음을 열고 그들의 감화를 받아들이고자 한다면 마찬가지의 감명을 우리에게 준다. 자연은 결코 천박한 모습을 띠는 일이 없다. 아무리 현명한 인간이라도 자연의 비밀을 모두 캐낼 수 없는 것이고, 자연의 완벽성이 모두 밝혀져 그것에 대한 호기심이 상실되는 경우도 없는 것이다. 자연이 현자의 장난감이 된 적은 한 번도 없다. 어렸을 적 인간의 천진난만한 마음을 즐겁게 해 주었던 꽃과 동물과 산들은 또한 그들의 최상의 지혜를 되비쳐 준다.

흔히 '양심' 이라 불리는 이 천망은 바로 하늘이 쳐놓은
마음속의 그물인 것이다.

　우리가 자연을 이런 방식으로 말할 때 우리의 마음속에는 하나의 명료한 그
러면서도 가장 시적인 감흥이 일게 된다. 그것은 다름 아닌 다양한 자연물들에
게서 받은 인상의 완결성이다. 바로 이 점에서 벌목꾼의 목재와 시인의 나무가
구별되는 것이다. 내가 오늘 아침에 보았던 아름다운 풍경은 분명히 이삼십 뙈
기의 농지로 이루어진 것이다. 밀러는 이쪽 밭을, 크로는 저쪽 밭을, 그리고 매
닝은 저 건너편 숲을 소유하고 있다. 그러나 그들 중 누구도 이 매혹적인 풍경
의 주인은 아니다. 지평선에는 부분들을 하나로 결합시켜 전체상을 그릴 수 있
는 안목을 가진 자, 곧 시인을 제외하고는 그 누구도 소유하지 않는 재산이 있
다. 이것이야말로 이들의 땅에서 가장 좋은 것이지만, 그들의 소유증서에는 거
기에 대해 아무런 언급도 하지 않는다.

　—에머슨 『자연』 중에서

2. 내 마음속의 거미집

　하늘은 예나 지금이나 무척 바쁘신 모양이다. 그래서 60억이 넘는 사
람들을 일일이 돌보고 감시할 여유가 없다. 이 전지전능의 하늘이라는
할아버지는 사람들의 가슴속에 거미줄 한 개씩을 장치해 두셨다. 성현
들은 이미 수천 년 전에 그 거미집을 발견하고 천망(天網)이라는 개념을
설정했다. 흔히 '양심' 이라 불리는 이 천망은 바로 하늘이 쳐놓은 마음

세상의 모든 것을 다 갖고 있으면서도 함부로 남용하지
않으시는 하늘, 사람들의 아픔을 알면서도, 세상의 진실
을 알면서도 끝까지 기다리시는 하늘…….

속의 그물인 것이다.

종과득과(種瓜得瓜)하고 종두득두(種豆得豆)니 천망(天網)이 회회(恢恢)하여
소이불누(所以不漏)라.

—『명심보감』천명편 제6장

나는 문학 후배들에게 하루 한 번 반드시 하늘 보기를 권한다. 하루 한
번 스스로의 내면을 돌이켜 보라는 의미도 있다. 그것이 일반인들과 글
쓰는 자와의 차이점이다.

세상의 모든 것을 다 갖고 있으면서도 함부로 남용하지 않으시는 하늘,
사람들의 아픔을 알면서도, 세상의 진실을 알면서도 끝까지 기다리시는
하늘…… 그 하늘은 오늘도 근심스러운 표정으로 우리들을 내려다보고
계시다.

3. 자연 읽기, 글쓰기의 시작

눈썹 아래 눈이 있고 눈 속에 눈동자가 있고, 눈 주위에 속눈썹이 있고

시인의 가슴은 저들이 만날 수 있도록 마련해 놓은
대합실에 다름 아니다.

쌍꺼풀이 있고 그 눈 밑에 두 개의 귀와 귓구멍, 한 개의 코와 두 개의 콧구멍이, 그 아래 입이 있고 치아가 있고 혀가 있고 목이 있고 턱이 있고 수염이 있고…… 뿔과 꼬리를 제외하고는 현재 인간은 동물의 겉모습을 고스란히 지니고 있다. 그리고 사랑 받기 위해, 이목을 끌기 위해, 살아 남기 위해 몸부림치는 인간 내면이 식물들의 외양에 그려져 있다. 지구 상의 3분의 2 정도의 치부와 비밀을 덮어 있으면서 바다는 마치 어머니의 마음처럼 울었다 웃었다 성냈다 잠들었다 한다.

4. 시인의 대합실

대상과 언어의 만남, 즉 대상에 맞는 언어 찾기, 언어에 맞는 대상 찾기가 글쓰기의 시작이다. 동물이든 식물이든 산이든 바다이든 한 대상에는 그만의 언어가 있다. 시인의 가슴은 저들이 만나는 대합실과 같다. 한 대상이 아주 간절한 눈빛으로 그에 딱 알맞은 언어를 기다리고 있고, 또 하나의 언어가 눈물겹게 기다리는 대상이 있다. 시인의 가슴은 저들이 만날 수 있도록 마련해 놓은 대합실에 다름 아니다. 그 오른쪽 구석엔 200원짜리 밀크커피 자판기가 허름한 모습으로 서 있다.

제9강 소수점 이하의 언어 찾기

1. 당신의 어휘력

'또박또박' 이라는 의태어가 있다. 글쓰기나 말하기 학습 때 빠뜨릴 수 없는, 걸음걸이의 동작에서 따온 말이다. 서툰 것 같으면서도 일정한 간격과 속도를 유지할 때, 겸손한 것 같으면서도 당당하게 나아가는 걸음걸이를 보고 '또박또박 걷는다' 로 표현한다.

핸드폰의 문자메시지, 이메일, 카페나 홈페이지 등 마침내 글쓰기의 전성시대가 왔다. 또박또박 찍히는 발자국처럼 하나의 낱말이나 문장이 글쓴이의 얼굴을 대신한다. 구어체와 문어체의 격식을 갖추던 과거와는 달리 '말하듯 글을 쓰고 글쓰듯 말을 하는' 시대에 우리가 살고 있는 셈이다. 그래서 이 또박또박이라는 낱말을 새롭게 간직해 둘 필요가 있다.

흔히 어휘력을 말할 때, 아주 어렵거나 고차원적 언어를 구사하는 능력으로 생각하기 쉽다. 진정한 어휘력은 그 표현에 가장 적합한 낱말을 꺼내 사용하는 것을 말한다.

동네 골목에서 처음 만난 토종강아지의 머리를 쓰다듬어 준 후부터 볼 때마다 그 강아지는 그 사람을 꼬리 치며 반길 것이다. 반대로 그 강아지에게 발길질을 했을 경우 그 강아지는 사람을 향해 짖거나 슬슬 피해 달아난다. 이처럼 하잘것없는 낱말이지만, 하나의 낱말이 어느 한 문장 적

세상의 모든 벽돌은 자기가 가장 유용한 곳에 놓아주기를
바란다.

절한 처소에 사용했을 때 그 낱말 자체는 물론 문장 전체가 빛난다.

세상의 모든 벽돌은 자기가 가장 유용한 곳에 놓아주기를 바란다. 낱말도 토종강아지처럼 누군가 자기 머리를 쓰다듬어 주기를 바라고 있다.

2. 오늘의 날씨

뉴스 시간에 날씨 예보는 누구나 시청한다. 기상개황, 위성사진, 구름의 이동모습, 지역별 날씨, 최고기온, 최저기온, 일교차, 파도의 높이, 서해와 남해 동해, 기압배치, 전선, 기압골, 불쾌지수, 북서풍, 동남풍, 남서풍, 편서풍, 북서계절풍, 황사, 파랑주의보, 호우주의보, 낙뢰주의보, 대설경보, 차차 흐려져 밤늦게 비, 뀐 현상, 가랑비, 장대비, 장맛비, 소나기, 보슬비, 자외선, 만조 시간, 해 뜨는 시각, 일몰 시각, 장마전선, 수증기, 태풍의 눈, 태풍의 진로, 상륙, 소멸, 복구, 제주도를 제외한 등등 기상예보에 사용되는 단어들이 의외로 많다. 우리가 평소 글로 옮겨 썼던 기상 어휘들이 얼마나 될까. 날마다 접하는 주변의 사물과 일상적 어휘들을 글로 옮겨 쓰는 빈도는 생각보다 많지 않다.

1과 2 사이 소수점 이하의 눈금에 커다란 사상이 숨겨져 있다.

3. 소수점 이하의 눈금 찾기, 소리 엿듣기

여러분의 필통에 꽂혀 있는 센티 자 전면에 300개의 눈금이 그어져 있을 것이다. 일반적 명칭이 '30센티 자' 라고 하지만, 그 자 안에는 300개의 눈금이 그어져 있다. 바꿔 말한다면 '300밀리미터 자' 인 셈이다. 센티의 눈금과 눈금 사이에는 아홉 개의 밀리미터의 눈금이 그어져 있다. 1과 2 사이 소수점 이하의 눈금에 커다란 사상이 숨겨져 있다.

'글쓰기' 란 '사물 읽기' 에서 시작된다. 사물을 제대로 읽기 위해서는 우선 맑은 눈을 가져야 한다. 그 시력이야말로 오랜 훈련의 연속에서 갖추어진다. 이 사물 읽기의 훈련은 내면 읽기로 이어지고 그 시력은 어느새 사유 또는 관념의 세계에까지 다다르게 된다. '시청각 교육' 의 문제는 그 전단계인 '시청각 훈련' 이 생략되어버린 데서 효과가 반감되게 마련이다. 이 시청각 훈련은 자녀들과 함께하는 것이 더 큰 효과를 얻는다. 하루 이틀 정도로 끝내지 말고 평생 과제로 이 훈련에 임해야 한다.

동양 예술의 특징 중 하나로 공간 미학을 들 수 있다. 그림이든 음악이든 문학이든 감상하는 자의 공간을 충분히 배려한다. 그 공간이야말로 시력과 어휘력은 부부지간과 같다.

사유의 세계를 유발시키는 장치인 셈이다. 그러나 훈련이 안 된 상태에서 공간 미학의 강요는 자칫 표현 미숙으로 이어진다.

아트필름의 한 장면 즉 줄거리, 장면, 인물 표정, 대사의 강약, 효과음, 그림의 원근과 명암, 내용 전개의 속도에 이르기까지 전체적인 조화로 한 장면이 탄생된다는 것을 기억해야 한다. 글이란 다만 평면적 표현의 한계성이라는 이유 때문에 많은 부분 독자들의 상상력에 의존할 수밖에 없다.

사물의 외형적 상태는 물론, 사물과 사물 사이에 존재하는 아주 미세한 상황이나 움직임을 빠짐없이 포착해 내는 시력 갖추기야말로 글쓰기 훈련에 가장 바탕이 되는 과정이다. 이때 개인의 주관이나 감정 개입을 가급적 배제시키도록 한다.

4. 관찰일기 쓰기

이처럼 글쓰는 사람들의 눈은 탐조등과 같다. 어둠 속에 매몰된 사물이나 내면세계 그리고 사회 및 역사 흐름을 의식의 눈으로 바라보고 이를 언어로 변형시키는 작업이 바로 글쓰기다.

언어는 망상이나 또는 이기주의자의 위선까지도 금빛으로
도금시킨다.

    뜰이나 텃밭 또는 일정 크기의 화분을 준비하고 그곳에다 화초나 채소를 심어 하루하루 또는 시간대별로 그 성장과 쇠락과정을 기록하는 방법이다.

    이 깊은 밤, 감각의 촉수를 차갑게 일으켜 세우는 빗소리에 도무지 잠을 이룰 수 없다. 하나의 대상을 향해 생각의 제단을 차려놓고 그것에다 일상의 공물과 희생의 뜻을 바치는 일…… 사랑한다는 것은 일종의 종교에로의 입문과도 같은 것이다.

    사랑에의 기본 법칙이 있다면, 그것은 인격적인 삶보다 차라리 인간적인 삶의 의지에 대한 굴종이다. 내일에 대한 두려움과 비극을 예감하면서도 묘한 호기심과 기쁨 같은 것을 음미하려 들고 그래서 자꾸만 그곳을 향해 실눈길을 보내는 저 병적인 우수…… 지금 내리는 비는 지독하게 민감해진 내 피부 위에 무수한 솜털까지 곤두세우고 슬픔이 가져다 주는 미세한 기쁨까지 감지하게 한다.

    사랑도 일종의 광기라 한다면, 생명이 없는 사랑은 그 광기에 의해 손상된 상처를 복원하려 들지 않는다. 언어에 의존한 사랑의 표현은 자칫 생명력을 잃기 쉽다. 언어는 망상이나 또는 이기주의자의 위선까지도 금빛으로 도금시킨다. 따라서 생명력이 없는 사랑의 제단에는 언어의 무성한 가화만이 쌓이고 눈물로 빚어낸 과실은 없다. 거짓되고 이기적인 사랑은 자기를 필요로 하는 처소에 있지 않고 오직 자기가 필요한 조건의 대상만을 찾아다니는 특징이 있다. (중략)

하느님이 오늘은 비를 내리셔서 지친 내 육신을 휴식의
담요 위에 누이신다.

흙이 베푸는 사랑의 깊이와 너비를 나는 안다. 때문에 내가 흙에 바치는 노동
이 공물은 어쩌면 신앙에 가까운 것이다. 그것은 내 인생의 배낭에 언젠가 채워
질 땀보다도 피보다도 더 그윽한 사유의 과즙임을 믿기 때문이다. 그리고 끝끝
내 행복한 죽음으로 향도할 존재도 흙 또는 자연이라는 것을 믿는다.
　하느님이 오늘은 비를 내리셔서 지친 내 육신을 휴식의 담요 위에 누이신다.
　네 노동이 수고로운 만치 너의 휴식도 감미로우리니.

　―『고개 숙인 날들의 기록』 중에서

제10강 네 개의 눈

1. 만난다는 것

사람에게는 두 가지 본능이 있다. 즉 혈(血)의 후손과 영(靈)의 후손, 이른 바 자기 혈육과 명예를 남기려는 본능이다. 지구를 다녀간 헤아릴 수 없는 사람들의 발자취 중에서 가장 뚜렷하게 남아 있는 것이 바로 정신의 발자취인 책이라 할 수 있다. 한 인간의 육체는 사라지고 없지만, 영혼의 발자취인 책은 시간과 공간을 뛰어넘어 오늘도 우리와의 만남을 기다리고 있는 것이다.

한 권의 책을 읽을 때마다 현실적으로는 도저히 만날 수 없는 인간의 아주 내밀한 지적 정신적 세계를 접하고 있다고 보면 좋을 것이다. 그래서 책이 곧 사람이고, 우리의 서가에 꽂혀 있는 한 권 한 권의 책들이야말로 그 글쓴이의 한 방울 한 방울 정신의 혈액을 찍으며 기록해 놓은 영혼의 집합체라 할 수 있다.

2. 지식과 지성의 차이

지식과 지성의 차이는 무엇일까. 최근 대부분의 교육이 시험 보기 위해 필요한 것 같다는 생각들을 한다. 학교나 학원에서 앵무새처럼 무엇한 권 분량의 독서에서 열 권 분량의 무식을 확인한다.

인가 열심히 받아 적는다. 그것을 두뇌의 임시 보관창고에 저장해 둔다. 그리고 시험이 끝나면 대부분 쓸모가 없기 때문에 방치되고 만다. 그것이 현대사회 지식의 현주소다.

지식이란 어쩌면 '암기 위주의 앎'인 것이다. 이때 그 개인의 '앎'과 '삶'은 전혀 무관한 채 정략결혼의 신혼부부처럼 방을 따로 쓴다. 한편, 그 지식이 양심과 만나면서 전혀 새로운 면모를 갖추는 단계로써, 지성이란 곧 '깨달음의 앎' 또는 '실천의 앎'이라 하겠다.

하나하나 겉으로 드러나는 언어와 행동이 그 개인의 정신(마음)에 뿌리를 두고 있다. 책의 선정이나 독서 태도가 한 정신을 바로세우고 마음밭을 기름지게 한다.

나의 경우, 한 권 분량의 독서에서 열 권 분량의 무식을 확인한다. 일정 크기인 '앎의 덩어리'만큼 '모름의 덩어리'도 정비례한다는 것을 독서를 통해서 깨닫게 된 셈이다.

3. 넓게 읽기보다 깊게 읽기

시간과 세월은 귀한 것과 진실된 것을 가려내는 힘을 지닌다. 몇 백

이 방심과 어리석음 때문에 귀한 물건, 귀한 사람,
귀한 책을 놓쳐버리는 경우가 얼마든지 있다.

년, 몇 천 년이 지나도 인류 전체의 가슴속에 남아 있는 인물과 책 그리고 예술작품이 있다. '고전'이라는 이름으로 우리 곁에 남아 있는 책들을 바로 그 작가 자신이라고 생각하면서 만날 필요가 있다.

우리에겐 책이나 사람을 쉽게 판단해버리는 가벼움이 있다. 이 방심과 어리석음 때문에 귀한 물건, 귀한 사람, 귀한 책을 놓쳐버리는 경우가 얼마든지 있다. 사람과의 인연이 직접적이라면 책과의 인연은 간접적이다. 사람과의 인연이 악연인 경우가 많은 반면 책과의 인연에서는 그렇지 않다.

사람마다 입장과 처지가 다르고 필요한 책이 다르다. 내가 읽어서 좋은 것이 남들이 다 좋은 것은 아니다. 우리가 현장에서 자녀나 학생들에게 독서지도를 할 때 책 선정만큼은 신중할 필요가 있다. 한 권의 책이 한 인간을 바꿔놓을 수 있고, 한 인간이 한 권의 책을 잘못 이해했을 때 그 파장은 심각하다. "내가 읽어서 좋으니까 자네도 읽어!"라는 식의 독서지도나 권유는 바람직하지 않다.

학생이나 전문직 또는 작가를 지망하는 사람인 경우에는 자기 수준보다 한 단계 어려운 책을 골라 읽도록 한다. 일반 평범한 독자들의 경우 그 사람이 감명 깊게 읽었다는 책에서 그 사람 의식의 눈금을 헤아려 볼 수 있다. 또한 구독하는 신문만 보고도 그 사람의 세계관을 파악할 수 있다.

도 상당히 높아져 있는 현실을 고려할 때 사고나 판단의 기준을 자기 수준에 맞추려 하지 말고 좀 더 어려운 책의 수준에 자기를 맞춰가지 않으면 자기 발전은 기대할 수 없다.

지구상 60억 인구의 얼굴과 이름을 다 알 수 없듯이, 세상에 있는 책을 다 읽을 수 없고 또 다 읽을 필요도 없다. 다만 특정 한 분야에서만큼은 자신할 정도의 수준을 갖추도록 한다. 테마가 있는 삶의 태도는 테마가 있는 독서습관에서 비롯되며, 테마가 있는 독서습관이야말로 전문성을 지닌 한 사람의 인재를 탄생시킨다.

4. 자장가와 기상나팔

헨릭 입센의 『인형의 집』 마지막 장면에 노라가 결혼반지와 집 열쇠를 남편에게 돌려준 뒤 "쾅!" 하고 문을 세게 닫고 집을 나간다. 이 소리에 놀라 서구 남성들은 비로소 남성중심주의의 깊은 잠에서 깨어나기 시작한다. 또한 이렇게 노라가 거세게 문을 닫는 바람에 헬메르의 집과 가부장제도의 집이 거세게 흔들리기 시작한다. 이 "쾅" 하는 노라의 문 닫는 소리는 100년이 지난 지금에도 여전히 우리 귓가에 메아리치고 있다.

의식을 잠재우는 자장가인가 의식을 깨우는 기상나팔인가,
지금 당신이 읽는 책을 다시 한 번 들여다보아라.

그 사람이 감명 깊게 읽었다는 책에서 그 사람 의식의 눈금을 헤아려 볼 수 있다. 또한 구독하는 신문만 보고도 그 사람의 세계관을 파악할 수 있다. 지금 읽는 책 또는 신문이 당신의 의식을 잠재우려는 것인가, 아니면 그 의식을 깨우려는 것인가를 파악해야 한다. 길이 끝나는 지점에서 등산은 시작되듯, 내 의식의 각질을 벗겨내지 않으면 더 깊고 큰 세상을 만나지 못한다. 더 깊고 큰 세상이야말로 어쩌면 자기 내면에 존재하는 세계이기도 하다.

일회성인 생애에 누가 그 인생을 가치 있게 향유할 것인가. 가치의 향유는 의식의 깊이와 크기에 비례한다. 의식을 잠재우는 자장가인가 의식을 깨우는 기상나팔인가, 지금 당신이 읽는 책을 다시 한 번 들여다보아라.

5. 필독 네 가지

자연 읽기, 책 읽기, 세상 읽기, 내면 읽기…… 고서를 읽다 보면, 지성무식(至誠無息)이라는 어휘와 만난다. 아무리 작고 가벼운 것에도 지극 정성을 베풀면서 단 한시도 쉬지 않는다는 하늘의 태도를 나타낸 말이다.

> 선정된 100권을 가능하면 세 번씩 반복해서 읽어라. 그게
> 바로 필자가 권하는 일권삼독(一卷三讀)의 독서 요령이다.
> 그 이유는 읽어 보면 안다.

책이 없던 시대, 또는 인간 사회에 글이 없던 시대에는 무엇에 의존해 삶의 지혜를 얻었을까. 요즘 사람들은 대부분 '읽는다'는 말에 책밖엔 떠 올리지 않는다. 책만 읽는다 해서 지식과 인식의 폭이 넓어지지 않는다.

1) 자연 읽기

진실의 비밀 금고, 내면 풍경의 상형문자, 인류 문명의 위대한 고전 등 등…… 글을 쓰고자 한다면 먼저 자연 읽기부터 시작하라. 하늘 아래 땅 위에 존재하는 모든 것들에 대하여 가까이 다가가라. 주변의 나무 한 그 루를 친구로 정하고 하루도 빠짐없이 그 나무와 대화를 나누면서 하늘 의 소리, 땅의 소리를 전해 들어라. 그리고 그것을 노트에 받아 적으면 서 자연의 진실을 몸에 내장시켜 나가야 한다. 이 과정에서 책에서는 도 저히 찾아볼 수 없는 내용이나 이야기들을 전해 들을 수 있다. 바로 자 연과의 개인적 교류인 셈이다. 이 과정에서 글쓰기 기초 조건인 시력, 어휘력, 상상력 배양에 많은 도움이 될 것이다.

2) 일권삼독

글을 쓰든 말든, 평생 동안 고전을 중심으로 '필독서 100권'을 선정하 고 차근차근 읽어나가는 게 좋다. 거기에다 문학이든 사상이든 철학이

봄철 거름을 먹은 사과나무에 거름 아닌 사과가 달린다.
그 이유가 무엇일까. 바로 거름을 사과로 변모시킨 사과
나무의 노력의 결과인 것이다.

든 예술이든 대체로 100년에서 150년 사이에 쓰여진 책들을 골라 읽을
것을 권하고 싶다. 그리고 또 한 가지, 선정된 100권을 가능하면 세 번씩
반복해서 읽어라. 그게 바로 필자가 권하는 일권삼독(一卷三讀)의 독서
요령이다. 그 이유는 읽어 보면 안다.

3) 세상 읽기

세상 읽기에는 역사 읽기와 현실 읽기가 있다. 글의 바탕에 적어도 우
리 역사에 관한 인식이 깔려 있어야 한다는 점이다. 역사라는 수직구도
와 현실이라는 수평구도가 만나는 선상에서 우리는 삶을 영위하고 있
다. 글쓰는 자로서의 '삶의 영위' 란 '체험의 구체화' 를 뜻한다. 체험에
대한 인식의 너비와 깊이는 글의 가치로 가늠된다는 것을 기억하라.

4) 자아 읽기

봄철 거름을 먹은 사과나무에 거름 아닌 사과가 달린다. 그 이유가 무
엇일까. 바로 거름을 사과로 변모시킨 사과나무의 노력의 결과인 것이
다. 쌀로 밥을 지었을 때 쌀의 원형은 변하지 않는다. 읽고 공부한 것을
머릿속에 저장하는 학생과 학자들의 지식체계가 바로 '밥의 과정' 이다.
그러나 읽고 공부한 것을 삼키고 소화하고 그 내용을 육화 또는 발효시

> 자연을 읽고 책을 읽고 세상을 읽으면서 자기를 읽을 줄
> 모르면 이미 사고의 절름발이나 마찬가지이다.

키면서 전혀 형체를 알아볼 수 없는 '술의 단계'로 빚어내는 것이 시인이고 작가인 셈이다. 그리고 자기를 타인의 눈으로 바라보아라. 자연을 읽고 책을 읽고 세상을 읽으면서 자기를 읽을 줄 모르면 이미 사고의 절름발이나 마찬가지이다.

네 개의 눈 즉, 자연을 읽는 눈, 책을 가려 읽는 눈, 세상을 보는 눈, 자기를 타인의 눈으로 바라보는 눈…… 당신의 시선은 지금 어디에 멈춰져 있을까.

제2부

쓰노라면 보인다

제11강 조사(助詞)에게 길을 물어

1. 낱말들의 물음표

모든 낱말은 나름대로 물음표 하나씩을 달고 다닌다. 문장구성에서 하나하나 낱말들은 여기저기 보이지 않는 물음표와 관계를 맺는다. 그리고 또 다른 낱말들과 어깨동무하고 그 물음에 대한 답변 쪽을 향해 나아간다.

외롭게 떠도는 '길' 이라는 낱말을 만났다. 그 '길' 이 만나고자 하는 낱말과 가고자 하는 방향은 어디였을까.

〈예문 1〉
가) 길은 발자국의 퇴적층이다.
나) 길은 내면으로 내려가는 언어의 계단이다.
다) 길은 내 생의 동반자이다.
라) 길은 늘 그 안에 나를 가둬두려 한다.
마) 길은 사랑을 내게 데려다 주었다.
바) 길은 또 그 길로 사랑을 떠나게 했다.
사) 길은 순종하는 자를 더 사랑한다.
아) 길은 어쩌면 나보다 지쳐 있다.

하나하나 낱말들은 여기저기 보이지 않는 물음표와 관계를
맺는다. 그리고 또 다른 낱말들과 어깨동무하고 그 물음에
대한 답변 쪽을 향해 나아간다.

차) 길은 내리막 한 모퉁이에 웅덩이 하나를 감춰둔다.
파) 길은 그래서 참으로 쓸쓸한 시어일 수밖에 없다.

〈예문 1〉과 같은 요령으로 〈예문 2〉에서도 10개씩의 문장을 만들어
보자.

〈예문 2〉
가) 길처럼……? (10개의 문장)
나) 길에……? (10개의 문장)
다) 길이란……? (10개의 문장)
라) 길이라면……? (10개의 문장)
마) 길이……? (10개의 문장)
바) 길에도……? (10개의 문장)
사) 길과……? (10개의 문장)
아) 길을……? (10개의 문장)
자) 길에는……? (10개의 문장)
차) 길인 듯……? (10개의 문장)

나이 사십을 넘게 되면 이미 사고의 각질이 굳어지기 쉽다. 글쓰는 사

조사가 가리키는 방향으로 과감히 머리를 틀어라.
비로소 전혀 새로운 길이 열리기 시작할 것이다.

람들 중에도 그 틀에 순순히 갇혀버리는 경우를 얼마든지 볼 수 있다.

초보자인 경우 이러한 생각의 한계점을 극복하기 위해 앞의 예문처럼 하나의 낱말을 정하고 그 낱말이 내게 던지는 물음에 답하는 훈련을 해보라. 더구나 하나의 낱말(명사)에다 국어사전에 있는 모든 대명사, 동사, 형용사, 부사, 관형사 등을 갖다 맞추며 문장을 이어나가는 훈련 1년만 계속해 보라. 또는 각 낱말에다 주격, 목적격, 소유격 등의 조사를 바꿔 달면서 문장을 이어나가는 훈련을 계속해 보라. 결과야말로 그 어떤 훈련보다 더 크게 답할 것이다.

2. 조사(助詞)에게 길을 물어

어린이가 먼 곳에 가면 길을 잃는다. 글쓰는 도중 누구든 글의 방향을 잃는 경우가 비일비재하다. 그 이유가 무엇일까. 십중팔구 문장 길이에 문제가 있을 것이다. 한 문장의 글자 수가 스무 자를 넘어서면 글쓰는 사람의 정신조차도 자칫 길을 잃게 되는 경우가 있다.

필자의 경우, 글줄이 막히면 먼저 한 문장을 두 토막으로 나눈다. 그 다음 핵심 단어 명사 뒤에다 다른 조사를 갖다 끼워 본다. 바로 조사(助詞)에게 길을 묻는 방법이다. 내가 다루기에 좀 벅찬 주제의 내용이었을

이 뜨거운 8월 나뭇가지에서 하루종일 울어대는 매미소리에 귀를 기울여 보아라. 그 메시지의 뜻을 맞췄다면 당신은 이미 시인이 다 돼 있다.

때도 이와 같은 방법으로 극복해 나간다.

그 과정에서 당초 쓰고자 했던 문장의 방향이 엉뚱한 곳으로 머리를 튼다. 그럴 때는 보통 "이건 내가 쓰고자 했던 내용이 아니잖아!" 하고 멈칫한다. 그때 바로 그 '쓰고자 했던 내용' 에 수정을 가하라. 비로소 '쓰고자 했던 내용' 이 고작 하나의 징검돌 구실에 지나지 않다는 것을 깨닫게 된다. 그래서 하나씩 하나씩 그때까지 고집하던 생각을 버리기 시작하라. 그리고 그 조사(助詞)가 가리키는 방향으로 과감히 머리를 틀어라. 비로소 전혀 새로운 길이 열리기 시작할 것이다.

이 뜨거운 8월 나뭇가지에서 하루종일 울어대는 매미소리에 귀를 기울여 보아라. 그리고 그게 무슨 뜻인지 알아맞춰 봐라. 그 메시지의 뜻을 맞췄다면 당신은 이미 시인이 다 돼 있다. 무슨 뜻이냐고? "이 가엾은 사람들아, 어째서 그대들은 굼벵이만을 고집하는가?" 그렇다. 매미가 굼벵이만을 고집했더라면 날개 한 번 달아 보지 못하고, 소리 한 번 지르지 못하고 캄캄한 땅속에서 생을 마쳤을 것이다. 글줄이 막혔다는 것은 그대 생각과 능력이 아직 굼벵이 단계라는 거다. 그때 매미 소리를 기억하라. 그리고 "조사(助詞)에 길을 물어라!"는 한 문장을 떠올려 보라. 당신의 정신세계가 두 배 가까이 넓어질 것이다.

3. 걸림돌과 징검돌

돌에도 두 종류가 있다. 걸림돌과 징검돌이다. 왕년에 쟁기로 숱하게 밭을 갈았던 필자로서, '걸림돌' 이라는 낱말에 대한 감회는 남다르다. 땅속에 묻혀 있다가 쟁깃날이 이 돌에 걸려 멈춰 섰던 삶의 실체험을 숱하게 치렀기 때문이다. 걸림돌을 만나면 괭이로 파내거나 쟁기를 높여 짚고는 그 돌을 피해서 간다.

지금도 글줄이 막히면 그때 그 '걸림돌' 을 떠올리곤 한다. 그리고 또 하나, 그 반대편에 징검돌이 있다. 김동리 소설 등에서 만났음직한 시냇가 한가운데로 띄엄띄엄 놓여 있어 물을 건너게 했던 이 징검돌은 우리들의 흑백 초상의 어린 시절을 떠올리게 한다.

여기서 잠시 연상되는 시 한 편 감상하고 넘어가자.

바람이 흘리고 간 시영내 징검다리
구름 흐르는 물에 사변(思辨)의 발 담근 채
반백(斑白)의 분별을 이고
그린 듯이 앉았다

남이 놓아준 징검돌을 밟고서는 남이 놓은 그 방향
으로밖엔 갈 수가 없다.

점도 선도 아닌 논리 밖의 저 실존
한낱 돌멩이도 놓일 데 놓이고 보면
시 한 수 허자(虛字)랑 섞어
관주(貫珠) 비점(批點) 되는 그것

어느 세월이라 갖신 꽃신 닿았으리
나무꾼 심메마니 짚신짝도 뜸하거니
한물에 쓸리고 나면
다시 놓을 뉘 있을지.

—장순하 「징검다리」 전문

위 시 내용 중에 '반백(斑白)의 분별'은 60세 나이의 세상 분별력으
로, '관주'와 '비점'은 옛날 과거시험 볼 때 시험 심사관들이 옳은 답에
동그라미나 방점을 찍었던 것을 말함이다. 그리고 세 번째 수에 '갖신'
'꽃신'이 있는데, '갖신'은 신랑이 신었던 가죽신이고 '꽃신'은 신부가
신었던 예쁜 신발을 뜻한다. '점도 선도 아닌 논리 밖의 저 실존'처럼
길도 다리도 아닌 한낱 돌멩이의 존재 가치는 물론 사라져 가는 전통문
화를 애석해하는 작품이다. 사변(思辨), 반백(斑白), 허자(虛字), 관주

그 돌을 거기까지 갖다놓을 수 있는 능력이 곧 어휘력이다.
그 돌을 찾는 방법 중 하나가 품사의 변형과 조사의 활용에
있다.

(貫珠), 비점(批點) 등 비록 어려운 한자말이기는 하지만, 우리는 이 시조 한 편에 사용된 징검돌의 또렷한 목소리를 원로 시인의 어휘력의 도움으로 전해 들을 수 있다.

이처럼 하나의 낱말은 정녕 그때 징검돌임에 틀림이 없다. 낱말을 이어놓지 않으면 문장이 성립되지 못하고, 문장이 성립되지 못하면 생각이라는 정신의 몸체가 멈춰서고 만다. 거기에다, 남이 놓아준 징검돌을 밟고서는 남이 놓은 그 방향으로밖엔 갈 수가 없다. 창작은 자기가 새로운 돌을 가져다가 그 돌을 밟고 맨 먼저 자기가 건너가는 것이다. 그 징검돌을 밟고서는 얼마든지 있다. 그 돌을 거기까지 갖다놓을 수 있는 능력이 곧 어휘력이다. 그 돌을 찾는 방법 중 하나가 품사의 변형과 조사의 활용에 있다.

4. 절망이라는 바윗돌

앞 강좌에서 여러 차례 글쓰기와 내면의 변화를 관련시켜 이야기했다. 내면이 어쩌면 마음가짐(心性)이라 한다면, 의식은 정신상태(理性)라 해도 무방할 것 같다. 글쓰기는 모름지기 이 두 가지를 변화시켜 나간다.

'읽기' 가 뇌세포 사이사이에 끼었던 녹들을 닦아내는 것이라면, '쓰기' 는 생각과 능력을 가로막고 있는 절망이라는 바윗돌을 깨부수는 작업이다.

'읽기' 는 남이 뚫어놓은 길을 가는 것이고, 쓰기는 자기가 새로운 길을 뚫어 나가는 것이라고 되풀이해서 말한 바 있다. '읽기' 가 뇌세포 사이사이에 끼었던 녹들을 닦아내는 것이라면, '쓰기' 는 생각과 능력을 가로막고 있는 절망이라는 바윗돌을 깨부수는 작업이다. 이게 바로 창작의 세계인 것이다. 따라서 절망이라는 바윗돌이 없으면 창작의 의미도 없다.

반드시 기억하라, 세상의 모든 낱말이나 물상은 언제 어디서건 물음표 하나씩을 당신에게 던지고 있다는 사실을!

제12강 쓰노라면 보인다

1. 자벌레의 길

바야흐로 당신의 관점이 옮겨지기 시작했다. 크고 강한 것에서 작고 약한 것으로, 평면적 체험에서 입체적 체험으로, 아픔과 슬픔에서 기쁨과 아름다움으로 삶의 그림판이 이렇게 바뀌어지기 시작했다. 제대로 글쓰기를 시작하겠다는 당신이 마침내 새로운 희열을 느끼고 있는 것이다.

렌즈를 통해 바라보는 세상은 또 다르다. 그래서 이참에 사진 찍기도 함께하면 효과적이라는 것도 당신께 말해 주고 싶다. 서터를 누를 때마다 렌즈 속 피사체가 고스란히 인화지에 옮겨지면서 당신의 시력과 어휘력을 자극하게 된다.

길이 1센티 정도의 자벌레가 접사렌즈 속으로 들어왔다. 너석의 몸통에는 열세 마디의 주름이 잡혀 있다. 연초록 살갗에는 띄엄띄엄 흰색 솜털이 휘어져 있고, 너석도 허파가 있는지 몸 내부에 일정 간격으로 움직이는 기관들이 반투명 살갗을 통해 보인다. 몸통 앞쪽에 세 쌍, 뒤쪽에 네 쌍의 다리는 짧고 야무지다. 그 다리를 오므렸다 폈다 하면서 이 한여름 세상 너비를 몸통의 자로 재며 나아가고 있는 자벌레의 길!

한참 부지런히 몸을 움직이더니 뒤꽁무니에 네 쌍의 다리를 지푸라기 끝에 밀착시켜 꽉 조인다. 그 다음 몸 전체를 수직으로 세우고 왼편 맞은편 오른편의

> 사진에 찍혀 있는 미세한 티끌 하나가 이 세상의 완벽한
> 구조를 위해 사명을 다하고 있다.

순서로 주변을 신중하게 탐색하는 것 같다. 그러다가 뭔가 결심한 듯, 열한시 방향으로 머리를 돌려 열심히 전신을 '오므렸다 폈다'를 반복하는 것이었다. 한 뼘, 두 뼘, 세 뼘…… 녀석의 움직임에는 물리학 기하학의 차원을 넘어 고도로 발달된 음파탐지 이론에다 축지법(縮地法)의 이론까지 총동원시키는 것 같다. 한 동작 한 동작이 결코 본능에서 비롯된 것만은 아닌 것 같다. "비둘기처럼 단순하고 뱀처럼 신중하라."는 성서의 가르침을 이 작디작은 자벌레가 내 앞에 몸소 실천해 보이고 있었다.

최근 수목원을 산책하다가 그늘에 앉아 쉬고 있을 때 땅바닥을 기어가는 자벌레 한 마리를 보고 찍은 사진 설명이다. 한 장의 사진에는 한 편의 소설이 있다. 우리가 글로 옮겨 쓰는 한편 한편의 작품들은 그곳에 등장하는 크고 작은 글감들에 의해 구성된 것이다. 벽돌 하나, 서까래 하나, 기둥 하나하나가 치밀하게 연결돼 있으면서 하나의 궁전을 이루듯, 사진에 찍혀 있는 미세한 티끌 하나가 이 세상의 완벽한 구조를 위해 사명을 다하고 있다. 그 작디작은 자벌레 한 마리가 이처럼 글쓰기 강좌의 아주 소중한 교재로 활용되고 있다는 점을 기억해야 할 것이다.

글의 소재가 마땅치 않을 때는 당신이 찍은 사진 한 장을 꺼내 책상 앞에 붙여라. 그 사진 찍을 당시의 상황과 피사체의 중심구도가 어디에 맞

저들에게 귀 기울여 주지 않으면 그 목청이 커지고, 눈여겨
봐 주지 않으면 그 몸짓이 커진다.

취져 있는가를 파악하고 이를 글자로 묘사해 보라. 카메라를 가방 속에 넣고 다니면서 '아무 곳'에나 포커스를 맞추고 셔터를 눌러라. 당신의 카메라 렌즈 안에 한 편의 작품이 자리하고 있음을 알게 될 것이다. 그 겉모습을 하나하나 세필로 옮겨 적는 훈련이 필요하다.

2. 장기 자랑에 박수쳐라

상대를 제대로 알려면, 함께 술을 마셔 보고, 노래방에 가 보고, 화투를 쳐 보고, 여행을 해 보라고 한다. 눈을 밖으로 돌리면 하늘 아래 모든 것들이 장기 자랑에 여념이 없다는 것을 알 수 있다. 저들에게 귀 기울여 주지 않으면 그 목청이 커지고, 눈여겨봐 주지 않으면 그 몸짓이 커진다. 저들 목소리에 귀 기울이고, 저들 몸짓에 관심을 가져야 한다. 이게 바로 글쓰려는 사람들이 거쳐야 할 기초 훈련이다. 그 과정을 일정기간 계속하다 보면, 체내에 막연히 내장돼 있던 어휘나 생각들이 마침내 당신의 손끝을 통해 생명을 얻는다.

밖에 나가 보고서야 남의 속이 파악되고, 바깥세상을 그려내는 과정에서 비로소 또 하나의 나를 발견하게 된다. 갖가지 저들 모습이 내게 전달되면서, 여태 전혀 몰랐던 또 하나의 자기의 모습을 발견하게 된다.

40년 동안 여섯 차례 읽으면서 밑줄 친 부분만 A4용지 90쪽에 이른다.

"너 자신을 알라."는 말을 소크라테스가 아닌 네 밖의 모든 사물(자연)을 통해서 듣게 되는 것이다. 살피다 보면 구석구석이 보이고, 그것을 글로 옮기는 훈련과정에서 당신의 세 가지의 힘, 즉 시력, 어휘력, 상상력이 자란다. 그것이 곧 당신 필력의 바탕이다.

3. 베껴 쓰기 훈련

과거에 읽었던 책을 꺼내 보면 전혀 낯설다. 나의 독해력, 기억력의 한계도 있었겠지만, 수박 겉만 핥고 왔다는 독서 방법에 더 큰 문제가 있었다는 것을 고백하지 않을 수 없다.

학창 시절 '월부 책장사'에게서 구입한 책 한 권이 있다. 150년 전 스위스의 모럴리스트 『아미엘의 일기』다. 40년 넘게 지니고 있으면서, 20대 30대, 40대, 50대에 이르기까지 반복해서 읽었다. 그의 병적인 사유 체계와 여성적 심리묘사가 이상하리만치 나의 내면을 자극했기 때문이다. 읽을 때마다 좀처럼 만날 수 없는 그만의 지식의 세계 그리고 폭넓은 어휘 체계를 그 책에서 만난다. 그 습기 찬 문장과 어휘들은 저마다 크고 작은 사유의 징검다리를 통해 전혀 다른 상상의 세계로 나를 안내하는 것이었다. 40년 동안 여섯 차례 읽으면서 밑줄 친 부분만 A4용지 90쪽에 이른다.

책이란 길과 같아서 하나의 영혼을 더 키워주고 자유롭게
해 줄 것 같지만 현실은 전혀 그렇지 않다. 가끔 책벌레들이
이미 존재하는 길이나 질서 안에서만 안주하려는 게 혹시
그 때문인지 모른다.

비밀의 법칙, 식물과 같이하라. 사상이든 감정이든 온갖 네 안에 싹트는 것은
어두운 곳에 보관해 두고 완성된 후가 아니면 밝은 곳으로 드러내지 말라. 자연
의 신성한 잉태는 어느 것이나 순결, 침묵, 암흑이라는 세 개의 베일에 싸여 있
지 않으면 안 된다.

신비를 존경하라. 성장하며 생활하고자 한다면 너의 뿌리를 노출시키지 말
라. (중략) 네 안에 신비의 몫을 남겨두라. 그렇게 언제까지 너 전체를 삽으로
낱낱이 파헤치지 말라. 너의 가슴 한구석에 바람에 날려 오는 종자를 위해 휴경
지를 조금 남겨놓고 날아오는 새들을 위해 약간의 숲을 남겨두라. 너의 마음속
에 기다리지 않은 손(客)을 위해 자리를 남겨놓고 알지 못하는 신을 위해 제단
을 쌓아라. 새가 너의 숲 사이에서 울더라도 길들이겠다고 급히 다가가지 말라.
사랑이든 감정이든 무슨 새로운 것이 너의 깊은 안에 눈뜨기 시작했다고 생각
되더라도 황급히 빛이나 시선을 보내지 말라. 돋아나는 새싹을 망각으로써 지
키고 평화로 에워싸고 그 밤을 짧게 하지 말고 혼자서 형태를 취하고 성장하도
록 한 뒤에 너의 행복을 선전하고 다니지 말라.

—『아미엘의 일기』 중에서

책이란 길과 같아서 하나의 영혼을 더 키워주고 자유롭게 해 줄 것 같
지만 현실은 전혀 그렇지 않다. 오히려 사람을 세뇌 또는 종속시키며 그
안으로 가둬 두려는 속성이 있다. 그래서 가끔 책벌레들이 이미 존재하

> 수영장에서 수영을 배워야만 물에 들어갈 수 있고, 시 쓰는 법,
> 소설 쓰는 법, 수필 쓰는 법을 따로 배워야 문학의 길에 들어
> 설 수 있다는 생각…….

는 길이나 질서 안에서만 안주하려는 게 혹시 그 때문인지 모른다.

수영장에서 수영을 배워야만 물에 들어갈 수 있고, 일류 논술학원에서 논술을 배워야만 수도권 대학에 들어갈 수 있다는 생각, 시 쓰는 법, 소설 쓰는 법, 수필 쓰는 법을 따로 배워야 문학의 길에 들어설 수 있다는 생각…… 이런 인식의 틀에 갇혀 있는 한 그에게서 제대로 된 창의력은 기대할 수 없다.

길을 버렸을 때 새로운 길이 생기고, 책을 버렸을 때 새로운 책이 탄생한다. 좋은 길, 좋은 책, 좋은 스승은 자기 안에 사람을 가두려 하지 않는다. 자기와의 인연으로 하여금 더욱 새로운 길을 개척해 나갈 수 있는 징검다리 구실에 만족하고 기뻐한다.

책은 곧 사람이다. 늦게 글을 쓰고자 하는 사람들에게 귀띔해 주고 싶은 말이 있다. 책은 선정과정만 중요한 것이 아니라 읽는 방법도 중요하다는 것, 가능하면 책 몇 권쯤 베껴 쓰도록 하라. 특히 문학을 꿈꾸는 사람들은 헤밍웨이의 『노인과 바다』와 타고르의 『기탄잘리』쯤은 원고지에 직접 옮겨 쓰면서 그들의 영혼과 만나 볼 필요가 있다. 베껴 쓰는 것이 읽는 것과는 확연히 다르다는 것을 필자가 몸소 깨달았기 때문이다.

좋은 길, 좋은 책, 좋은 스승은 자기 안에 사람을 가두려
하지 않는다.

이미 오래된 일이지만, 지금 되풀이한다 해도 보통 책에선 느껴 보지 못
한 새로운 상상의 세계와 영감을 체험하게 될 것이다.

제13강 자전거의 적재적량

1. 문장을 지배하라

문장도 그 길이와 용량이 따로 있다. 그것은 마치 뱀과 같아서 길면 길수록 꼬리 잡힐 확률이 높아진다. 이런 문장에선 필자도 힘이 들지만 독자들이 더 따분해 한다. 주어, 목적어, 서술어의 관계가 모호하고 내용까지 아리송해지기 때문이다. 그리고 하나의 문장에는 적재적량의 낱말 수와 담아낼 수 있는 분량이 있다. 한 사람 타면 딱 좋은 자전거에 다섯 사람을 태우려는 격이다. 이럴 경우에도 역시 읽는 이를 애먹게 한다.

문장 강화 훈련과정에서 가급적 지키도록 노력해야 할 점 세 가지가 있다.

첫째, 한 문장의 글자 수를 20자 내외로 제한할 것
둘째, 한 문장에 동일한 단어를 두 번 이상 사용하지 말 것.
셋째, 한 문장에 동일한 조사(助詞)를 두 번 이상 사용하지 말 것.

이 조건을 어겨서도 문법상 전혀 문제가 없다. 다만 이처럼 고난도의 과정을 거쳐야만 자유자제로 문장을 지배할 수 있다는 점을 귀띔해 둔

문장은 마치 뱀과 같아서 길면 길수록 꼬리 잡힐 확률이
높아진다.

다. 동일한 단어가 두 번 이상 사용된 문장은 대부분 의미중복현상이 있
게 마련이다. 거기에다 동일한 조사를 중복 사용했을 경우에도 주술관
계가 복잡해지면서 문장 과부화현상이 나타나게 된다.

2. 홀가분한 생명체

글쓰기에서 정직성은 깨끗한 시력에서 출발한다. 굳이 '문장 지배' 라
고 표현한 까닭도 단어나 문장을 하나의 생명체로 본다는 의미에서이
다. 단어나 문장을 함부로 다뤘을 때 저들은 필자가 표현하고자 하는 곳
으로 따라와 주지 않는다. 홀가분한 문장이 되레 속도감과 힘을 지닌다
는 점을 직접 체험을 통해서 알 수 있을 것이다.

그라치엘의 눈을 바라보았습니다. 그것은 두 개의 별빛처럼 반짝이며 나를
마주 바라보고 있었습니다. 또 나는 꽃다운 나이의 소녀처럼 뜨겁게 달아오르
는 그녀의 얼굴을 바라보았습니다. 나는 그것을 느꼈고, 그것은 마취의 손길처
럼 나의 전신을 사로잡았습니다.
깊은 밤 속으로 열한 시를 치는 소리가 들려왔습니다. 나는 시계가 치는 소리
를 헤아리고 있었지요. 그것은 거대한 심장의 고동처럼, 장엄한 음악처럼 몽상
적으로 우리가 있는 숲 속으로 들려왔습니다.

한 사람 타면 딱 좋은 자전거에 다섯 사람을 태우려는 격이다.
이럴 경우에도 역시 읽는 이를 애먹게 한다.

"키스해 주세요. 시계 치는 소리가 날 때마다! 열한 번 키스해 주세요." 그레
치엘라는 소곤대었습니다.

─안톤 슈낙 「라일락 숲에서의 입맞춤」 중에서

깊어가는 밤, "땡, 땡, 땡, 땡, 땡, 땡, 땡, 땡, 땡, 땡, 땡" 시계가 종을 친
다. 차갑도록 얄미운 열한 번의 시계 종소리…… 그 순간순간 여백이 얼
마나 사람을 숨 막히게 했을까. 어쩜, 허락되지 않는 만남이었기에 저들
의 가슴도 더 달아올랐을지 모른다.

"키스해 주세요. 시계 치는 소리가 날 때마다! 열한 번 키스해 주세요."

시력, 어휘력, 상상력이 알맞게 어우러진다. 프로들 문장에는 이 조건
이 갖춰져 있다. 「우리를 슬프게 하는 것들」의 안톤 슈낙이 사람들 기억
속에 오래 남아 있는 이유가 거기에 있는지 모른다.

3. 어휘의 상조(相助)와 길항(拮抗)작용

낱말들은 호기심이 많아서 자기 옆에 어떤 여자(혹은 남자) 친구가 와줄

낱말들은 호기심이 많아서 자기 옆에 어떤 여자(혹은 남자)
친구가 와줄 것인가 잔뜩 기대에 부풀어 있다.

것인가 잔뜩 기대에 부풀어 있다. 저들의 좋은 만남은 하나의 글줄에서조
차 새롭고 눈부시다.

아이의 태를 묻고 아비의 뼈를 묻고
이빨 모지라진
갯돌 부시로 켜는 바다

목숨의 깊은 뿌리가
소금처럼 희었다

길도 오래 풍화되면 절해의 섬이 되나
물길 한 뼘 뱃길 한 뼘
외로움 쪽으로 다시 한 뼘

저승도 감아 오르는
저 호박꽃 환한 손.

—박권숙 「보길도 연가」 전문

'길도 오래 풍화되면 절해의 섬이 되나/물길 한 뼘 뱃길 한 뼘/외로움

한정된 틀 안에서 무한의 자유를 누리는 시조의 맛깔이야
말로 또 하나 모국어의 힘을 헤아려 볼 수 있게 한다.

쪽으로 다시 한 뼘//저승도 감아 오르는/저 호박꽃 환한 손' 낯선 낱말
과 낱말을 불러 앉히면서 전혀 엉뚱한 세계를 이뤄내는 저 시인들의 언
어감각이 되레 얄밉다. 어쩌면 어휘력 연마에는 시조 짓기 따를만한 게
없을 것이다. 한정된 틀 안에서 무한의 자유를 누리는 시조의 맛깔이야
말로 또 하나 모국어의 힘을 헤아려 볼 수 있게 한다.

제14강 꽃의 마음을 아시나요?

1. 당신은 카메라와 녹음기

꽃들은 만개의 순간 자기의 성적 에너지가 최고조에 달해 있음을 세상에 알린다. 빨강 노랑 파랑 등 많고 많은 색깔이 있음에도 어떤 꽃을 막론하고 꽃잎에 초록색을 띠는 경우가 없다. 주변의 벌 나비들이 꽃과 잎을 혼동하지 말도록 하는 배려에서이다.

디지털 시대가 열리면서 현대인 대부분은 가방 속에 '디카' 한 대씩 넣고 다닌다. 그걸 알아차린 세상의 꽃들은 누군가의 카메라에 찍히기를 바란다. 비단 꽃만이 아니라, 형체를 갖추고 있는 세상의 모든 것들이 그렇다. 그중에도 글쓰는 사람의 눈에 띠는 게 저들은 최고의 영광으로 생각한다.

머리 쓰다듬어 준 강아지가 그 사람을 볼 때마다 꼬리치며 반기는 것처럼, 세상의 모든 사물들은 자기에게 관심을 보였던 대상에게 보답하려 한다. 무생물이건 생물이건 동물이건 식물이건 여자이건 남자이건 다 마찬가지다. 이들은 볼 때마다 그 시인에게 다가와 새로운 언어를 속삭인다. 제발 자기 이야기를 적어 세상에 알려 달라고.

카메라는 형상을, 녹음기는 소리를 기억한다. 이처럼 대상의 겉모습은 물론 내면의 소리까지 언어기호를 사용해서 그려내는 게 바로 글쓰는

세상의 모든 사물들은 자기에게 관심을 보였던 대상에게
보답하려 한다.

사람들이다. 이때 글쓰는 사람에게는 그 대상이 세상에 전하고자 하는
메시지를 가감 없이 옮겨 적어내야 한다는 책임이 따른다.

2. 세상의 모든 소리

1) 수다에 귀 기울이기

글쓰기 훈련과정에서 그 첫 단계로 듣기 훈련이 있다. 훈련이 안 된 사
람들은 남의 말을 듣기도 전에 말하려 든다. 한 송이 꽃을 보자마자 곧
바로 글로 옮기려 든다. 사적인 대화에서도 대부분 '나' 라는 1인칭 대명
사를 앞세운다. 가끔씩 그러한 인간적인 모습들이 아름답게 보일 때도
있다. 그러나 '나' 가 '나' 를 말하고 싶은 만큼 그 '나' 앞에서 상대방 말
이 어서 끝나주기를 기다리며 서 있는 또 다른 '나' 도 지금 입이 근질거
려 환장해 있다는 점을 알아야 한다.

"입은 하나이고 귀는 둘이어서 하나만 말하고 둘은 들어라."고 설교하
시는 성직자들조차도 남의 말 듣기는커녕 오로지 자기주장만 쏟아낸다.
이 경우 질문이나 반론 제기의 기회도 없다.

상대가 한창 이야기할 때 "나는 있잖아!" 하면서 남의 말을 자르는 경
우도 많다. 언제부터인가 '개인주의' 가 '자기주의' 로 바뀌면서 '대화'

농부들은 한정된 자기 농토에서 햇빛과 바람과 비를 활용
한다. 그렇다면 글농사 짓는 시인 작가들에게 베푸는 하늘
의 공짜 서비스는 어떤 것일까.

가 '수다'로 변질돼버린 것이다. 그런데 글을 쓰려면 세상의 모든 수다
를 끝까지 듣는 것부터 배워야 한다. 그 수다 속에 뜻밖의 영양가와 정
보가 있기 때문이다.

2) 공짜의 적극 활용

하늘은 햇빛과 바람과 비를 우리에게 공짜로 제공하신다. 농부는 이 세
가지 혜택을 활용해서 우리의 일용할 양식을 생산한다. 세상에는 천둥소
리에서부터 갓난아기 숨소리까지 크고 작은 소리로 가득하다. 음악 하는
사람들은 그 자체를 소리로 듣지만, 글쓰는 사람들은 이 자연의 소리를
언어로 바꿔 듣는다. 그래서 형상과 소리의 조화를 글이라는 기호를 사
용해서 그려내는 것이다. 하늘의 천둥소리는 아버지의 호령이요, 밤새
머리맡에 들리는 파도소리는 어머니의 자장가라고 작가들은 이처럼 사
람들에게 '구라'를 친다. 그 '구라'야말로 이론을 공부했다는 사람들의
단골메뉴로 꺼내는 은유니 상징이니 공감각이니 이미지니 미학이니 하
는 이론적 찌꺼기들이다.

농부들은 한정된 자기 농토에서 햇빛과 바람과 비를 활용한다. 그렇다
면 글농사 짓는 시인 작가들에게 베푸는 하늘의 공짜 서비스는 어떤 것
일까. 이에 대한 대답은 아주 간단하다. 즉 보이는 것, 들리는 것, 보이지

그래서 시인이야말로 최고의 부자인 셈이다. 글을 써 보지
않은 사람에겐 이 말 또한 '구라'로밖엔 들리지 않는다.

않는 것, 들리지 않은 것까지 세상의 모든 것이다. 그래서 시인이야말로
최고의 부자인 셈이다. 글을 써 보지 않은 사람에겐 이 말 또한 '구라'
로밖엔 들리지 않는다.

3) 자기와의 스몰토크

자화자찬이든 자기 푸념이든 글쓰기에서는 먼저 자기와의 만남이 있
어야 한다. 우선 만나서 발가벗은 또 다른 자기의 모습을 자기에게 보여
주라. 그야말로 가장 솔직한 자기와의 대화인 것이다. 어서 거울 속에
있는 자기에게 말을 걸어 보라. 스몰토크 즉 아주 작고 사소한 말로 시
작하라.

"밥을 먹었느냐?", "그 골목 전봇대는 아직도 그냥 있느냐?", "오늘 강
의시간에 졸리지 않았느냐?"는 등 그 질문 자체가 지극히 편해야 한다.
이때는 무엇보다 자신을 괴롭히는 질문을 하지 말라. 차라리 손과 발,
머리와 가슴, 눈과 귀, 코와 입 등 신체 모든 기관에 인격체를 부여하고
그들을 격려하고 고맙다고 말하고 쓰다듬어 줘라. 그러다 보면 어느새
대화 내용이 진지해질 것이다.

그래서 차츰차츰 자기 내면의 계단을 밟고 바닥까지 내려가라. '자기
라는 양파'를 끝까지 벗겨내고 중심부에 있는 최소단위의 핵과 만나라.

차라리 손과 발, 머리와 가슴, 눈과 귀, 코와 입 등 신체
모든 기관에 인격체를 부여하고 그들을 격려하고 고맙
다고 말하고 쓰다듬어 줘라.

이 독백과정이야말로 막 쓰기 훈련의 종착지인 셈이다. 그때까지 자기
를 분석하고 나름대로 자기를 규명해 보라. 그제서야 어렴풋이 진실이
보이고 자신과 세상의 어긋난 부분이 보이기 시작한다. 이때부터 본격
적인 글쓰기가 시작된다.

3. 사물과 상상의 간극

사물의 외형적 상태의 틈바구니로 잠입해 들어가, 사물과 생각 사이에
존재하는 아주 미세한 상황이나 움직임을 빠짐없이 포착해 내는 시력 및
상상력 갖추기야말로 글쓰기 훈련의 가장 바탕이 되는 과정이다. 이때
개인의 주관이나 감정을 맘껏 쏟아내는 훈련도 병행해 볼 필요가 있다.

만개한 오렌지 꽃 하나가 나의 시선을 잡아끈다. 퍼지다 못해 밖으로 뒤집힌
다섯 장의 희디흰 꽃잎, 보잘것없는 수술들에 에워싸인 암술머리는 화려하고
우람하고 섹시하다. 이미 꿀물에 취한 그녀의 입술에는 만인의 키스를 거부했
던 왕족의 자존이 빛나고 있다. 그리고 그 입술 깊숙한 꽃의 내부에는 벌써 튼
실한 자방(子房)이 자리 잡고 있다. 저 터질 것 같은 여인의 팽윤(澎潤), 그 안에
는 페르시아 궁전보다 더 화려한 아폴로의 방이 있으리라. 그 방에는 태양의 신
이 잠시 내려와 오수를 즐기고 계시리라. 그 머리맡에는 정녕 인간들의 눈에 띠

'자기라는 양파'를 끝까지 벗겨내고 중심부에 있는 최소 단위의 핵과 만나라. 이 독백과정이야말로 막 쓰기 훈련의 종착지인 셈이다.

지 않는 언어의 보물단지가 신비의 보자기로 싸인 채 놓여 있으리라.

나는 갱 밖을 서성이는 늙은 광부처럼 그 힘겨운 언어의 광맥을 체념하고 꽃 밖으로 걸어 나왔다. 그리고 한 구간에서 군락을 이루며 지표를 보라색으로 물들이고 있는 꿀풀꽃 한 무더기를 뜯어들고 돌아왔다.

—『고개 숙인 날들의 기록』 중에서

제15강 이야기 씨줄 날줄

1. 본 것과 느낀 것

1) 이야기의 씨줄

본 것, 들은 것, 만져 본 것, 맡아 본 것, 맛본 것 등 이 다섯 가지 체험을 사실 그대로 글로 옮긴 것, 주관 개입이 거의 없이 사실 그대로 나열해 놓은 것을 편의상 씨줄이라고 하자.

〈예문 1〉

가) 인도 가로수 그늘에 노인이 혼자 앉아 있다. 그 노인 가까이 보도블록에 두 마리의 비둘기가 분주히 걸어 다니고 있다. 그중 한 마리가 다리를 절뚝거린다.

나) 로터리 화단에 떼 지어 피어 있는 사루비아 꽃……, 화단 가득히 일백 개에 가까운 바람개비가 각각 다른 쪽을 향해 돈다. 팔월 오전의 태양빛이 꽃밭 위로 쏟아진다.

다) 신흥도시 로터리를 중심으로 크고 작은 간판들이 하나의 건물에도 여러 개가 붙어 있다. 병원, 약국, 은행, 식당, 편의점, 그 옆 건물 1층에 화장품 점포가 있다. 나란히 줄지어선 건물들의 아래층 유리창에는 하얀 바탕에 검정 매직 글씨로 '점포임대'라고 써 붙여져 있다.

라) 신호대기 자동차들 중에 내가 타고 다니는 차종과 같은 차, 그 차의 핸들을 잡고 있는 선글라스의 여인이 연신 백미러 속 자신의 모습을 보고 있다.

글쓰는 사람들에게 있어서 '본 것' 이란 무엇인가.
그것은 상상의 그릇이면서 이야기의 시발점이다.

마) 갑자기 뒤쪽 자동차의 경적 소리! 신호등은 이미 좌회전과 직진 지시 동시신호의 초록빛으로 바뀌어져 있었다. 내 앞 자동차는 출발해서 저만치 가고 있었다.

이곳 도서관으로 오는 도중, 불과 몇 십초 사이에 차창 안으로 들어온 풍경을 옮겨 적은 것이다. 이처럼 일차적 기술(記述)만으로도 한 개의 문장 성립이 얼마든지 가능하다. 그리고 이렇게 사소한 상황에서도 정신적, 심리적 반응이 일게 마련이다. 이때 봤던 사실들을 '씨줄' 이라 한다면, 그 체험에 반응하는 심리적, 정신적 반응을 '날줄' 이라고 할 수 있다.

글쓰는 사람들에게 있어서 '본 것' 이란 무엇인가. 그것은 사유(思惟)라는 과즙을 담아내려는 최고급 과일 쟁반임을 잊어서는 안 된다.

2) 이야기의 날줄
〈예문 1〉의 일차적 묘사가 바로 당신의 내면 풍경을 담아낼 밑그림 또는 생각의 과일 쟁반인 셈이다. 당신이라면 앞 예문에다 어떤 내용을 담아 답할 것인가. 스스로 그 '씨줄이라는 쟁반' 에다 '날줄의 과일' 을 얹혀 보자.

사람들은 점차 성공 사례보다 실패 사례에서 교훈을
얻어내는 것 같다.

〈예문 2〉

가) 인도 가로수 그늘에 노인이 혼자 앉아 있다. 횡단보도 신호를 기다리고 있는 것 같다. 노인건강진료소에 가기라도 하는 것일까. 왼손에 반쯤 말아진 서류 쪽지 같은 것을 쥐고 있다. 그 노인 가까운 보도블록에 두 마리의 비둘기가 분주히 걸어 다니고 있다. 그런데 그중 한 마리가 다리를 심하게 절뚝거린다. 사람들이 지나쳐도 아랑곳 없이 보도블록 위에 떨어진 먹이를 쪼아 먹는다.

나) 로타리 화단에 사루비아 꽃이 넘쳐난다. 그 위로 8월 한낮 태양빛이 작열하고, 수백 개의 바람개비가 제각각 다른 쪽을 향해 돌면서 사루비아 꽃들의 열기를 식히고 있다.

다) 신흥도시 로타리를 중심으로 크고 작은 병원의 간판들 그리고 약국들, 그 옆에 자그마한 화장품 점포가 있다. 갈수록 짙어가는 화장품 색소와는 대조적으로 저들 화장품가게 진열대엔 은은히 우윳빛이 새어나온다. 나란히 줄지어 선 건물의 1층 유리창엔 하얀 바탕에 검정 매직 글씨로 '점포임대, 010—9838—0800' 라고 연락처까지 써 붙여져 있다. 백색 바탕의 종이가 누렇게 바래져 있는 걸 보면 점포임대가 용이치 않은 모양이다. 인구와 업종은 한정돼 있는데 무작정 점포만 개장하면 장사가 될 줄 안다. 사람들은 점차 성공 사례보다 실패 사례에서 교훈을 얻어내는 것 같다.

라) 옆 차선에 나의 차종과 같은 차, 그 차의 핸들을 잡고 있는 선글라스의 여인이 연신 백미러 속 자신의 모습을 보고 있다. 색안경 낀 자기 모습에서 여태

체험한 만큼 넓어지고, 체험한 만큼 깊어지고, 체험한 만큼 상상력도 다채로울 것이다.

느껴 보지 못한 본인 스스로의 카리스마를 체험하는 것 같다. 하루에 몇 차례나 저럴까.

마) 주변에 정신이 팔려 있는 사이, 갑자기 뒤쪽 자동차 경적이 사람을 놀라게 한다. 정면 신호등은 이미 좌회전과 직진 지시의 초록빛으로 바뀌어져 있었고, 바로 내 앞에 서 있던 빨강색 경차는 저만치 출발해 저만치 가고 있었다. 8월의 검푸른 한라산이 황제처럼 왕복 8차선 도로를 내려다보고 있었다.

1차 묘사와는 달리 필자의 주관이 많이 개입돼 있다. 이처럼 도시의 사실적 풍경은 자연 속에서와는 또 다른 사람들의 생각을 담아내는 그릇 역할을 하고 있다.

당신은 지금까지 살아오는 동안 너무 많은 것들을 체험했을 것이다. 보고, 듣고, 만지고, 맡고, 맛봐 온 것들이 바로 당신의 상상력이라는 그림판을 갖게 해 준 셈이다. 그 그림판이야말로 영혼의 텃밭이며 글의 텃밭이라는 점! 체험한 만큼 넓어지고, 체험한 만큼 깊어지고, 체험한 만큼 상상력도 다채로울 것이다.

특히 운문시인 경우 제목 자체가 씨줄이면서 내용이 곧
날줄이 되는 경우도 있다.

2. 강아지풀 이야기

산문에서보다 운문에서 씨줄 날줄은 그 역할이 더욱 뚜렷해진다. 특히 운문시인 경우 제목 자체가 씨줄이면서 내용이 곧 날줄이 되는 경우도 있다.

8월이다. 이르는 길가마다 강아지풀이 바람에 수도 없이 고개들 끄덕인다. 뭔가 재미있는 입소문이 번지는 것 같다. 요즘 저쪽 동네에선 어떤 일들이 벌어지고 있을까. 연예인의 사생활에 관심이 많고 멜로드라마를 좋아하는 한국 여성들처럼, 이 땅에 사는 강아지풀도 셋만 모이면 뭔가 쑥덕공론에 정신없이 고개를 끄덕인다.

〈예문 3〉
바람의 분량만큼
허리 굽혀 살아온 그대

묻지도 않는 말에
고분고분 답하는 그대

아무 일, 아무 일 없다며

이처럼 강아지풀은 애완용 강아지보다 훨씬 많은 이야기를
우리에게 속삭여 준다.

눈물 꼭꼭
삼키는
그대.

―「강아지풀」 전문

　바람과 강아지풀은 생태학적으로든 미학적으로든 아주 밀접한 관계를
맺고 있다. 앞의 예문에서는 바람에 몸을 흔드는 강아지풀(씨줄)이 시적
모티브가 되면서 〈예문 3〉에 살아남기 위해 몸부림쳐 온 과거 이 땅 여
성들의 초상을 그려내고 있다.

　묻지도 않았는데 왜 강아지풀은 연신 고개를 끄덕이는 것일까. 그리고
‘아무 일, 아무 일 없다’ 면서 왜 자꾸 눈물은 흘리는가! 강한 부정은 강
한 긍정이라 했다. 이처럼 강아지풀은 애완용 강아지보다 훨씬 많은 이
야기를 우리에게 속삭여 준다.

하나의 문장에도 이처럼 씨줄과 날줄이 직조를 이루면서
또 다른 세계로 나아가는 길이 있다.

3. 그릇만큼 담는다

글은 정녕 사실과 느낌, 현실과 비현실, 외면과 내면, 객관과 주관 등의 직조물임엔 틀림없다. 그래서 지금 눈앞에 전개되는 모든 현상들이야말로 당신 글쓰기의 포장 용기(用器)라는 것을 알아차리게 된다.

일 원짜리 동전을 보면 연필꽂이 통이 떠오르고, 십 원짜리는 공중전화부스를, 백 원짜리는 조카 생각, 천 원짜리는 찻집 생각, 오천 원짜리는 하루 일당을, 만 원짜리에선 은행 이자를 생각한다.

25년 전 필자의 메모장에 끄적였던 낙서 내용이다. 보통사람들에게 있어선 예나 지금이나 '돈'은 현실의 대명사임엔 틀림없다. 그래서 일 원짜리는 일 원짜리 이야기를, 만 원짜리는 만 원짜리 이야기를 담아내고 있는 것이다. 그렇다면 지금 주머니의 백 원짜리 동전은 당신에게 무엇을 말하고 있는가.

육체와 정신, 또는 몸과 마음이 합쳐져서 '나'를 이루듯, 하나의 문장에도 이처럼 씨줄과 날줄이 직조를 이루면서 또 다른 세계로 나아가는 길이 있다.

제16강 퇴고(推敲)의 깊이

1. 영감(靈感), 하늘이 주는 힌트

누룩으로 술을 빚는다 해서 누룩은 아직 술이 아니다. 참깨로 기름을 짠 데서 참깨가 참기름이 아니다. 흙으로 도자기를 굽는다 해서 흙이 도자기가 아니다. 우리가 꽃을 두고 시를 쓴다 해서 꽃 자체가 작품은 아니다. 그러나 하나의 사물에는 반드시 하나의 이야기가 있다고 한다. 그래서 사물을 보고 곧바로 떠오르는 생각을 글로 옮겨 적었을 때 이를 낙서 단계라고 할 수 있다.

이처럼 사물을 대할 때 그 형상에서 전혀 색다른 생각이나 의미, 느낌 등이 스쳐 지나간다. 이것이 바로 영감(靈感)의 단계다. 이 영감이야말로 하늘이 사람에게 던지는 하나의 힌트와 같은 것이다. 그 영감을 포착해 내는 힘은 각자의 감각이나 집중력의 차이에서 온다고 할 수 있다. 바로 감성 훈련의 차이다.

쌀이 밥으로 변하고 밥이 누룩으로 변하고, 누룩이 술로 변화하는 과정이 있다. 그래서 눈앞에 나타난 한 개의 형상에서 슬픔이든 기쁨이든 외로움이든 아픔이든 친구이든 형제이든 고향이든 연상되는 또 하나의 그림이 합쳐진다. 거기에다 개인의 체험적 감각과 어휘력과 상상력이 가미되면서 또 하나의 작품으로 태어나게 된다.

형상화라는 낱말을 한낱 시험 답안지 작성에만 골몰했지
글쓰기 훈련에 응용하지 못하는 경우를 현장학습에서 너무
많게 접하기 때문이다.

2. 형상화와 제목 비틀기

작품이란 제목을 설명하는 주관식 모범 답안지가 아니라고 수차례 강조한 바 있다. 그런데도 형상화란 무엇인가라는 질문을 던지면 저마다 대답을 망설인다. 그 까닭이 무엇일까. 여태 글짓기가 그 제목을 설명하는 수준에 머물고 있으면서, 형상화 단계를 체험하지 않았기 때문이다.

사랑, 기쁨, 슬픔, 미움, 향수, 그리움, 뉘우침, 욕망 등등은 형체가 없어서 카메라에 찍히지 않는다. 말 그대로 형이상(形而上)의 세계다. 그러나 이러한 내면의 풍경들을 바깥 풍경과 연결시켜 구체적인 모습을 갖추게 하는 작업, 그것이 바로 형상화인 것이다. 그런데 이토록 빤한 일을 가지고 여기에서 장황하게 떠들고 있는 까닭이 무엇일까. 형상화라는 낱말을 한낱 시험 답안지 작성에만 골몰했지 글쓰기 훈련에 응용하지 못하는 경우를 현장학습에서 너무 많게 접하기 때문이다.

〈예문 1〉
갈 데까지 가서도
갈대는 서 있다
저 끈질긴 사람들의 슬픔

죽으라면 죽을 수도 있는
이 가을날

올 데까지 와서도
갈대는 무리지어 서 있다

조선 땅의 저 끈질긴 슬픔.

—「가을 素描 2」 전문

　사람들이 사는 곳엔 어디든지 슬픔이 따라다닌다. 거기에다 한반도의
가을은 너무 아름다워서 슬프다. 뉘엿뉘엿 저무는 강가에 쓸쓸히 펼쳐진
갈대는 곧 슬픔의 대명사가 되고 만다. 그처럼 슬픔 많은 한반도엔 어딜
가도 갈대가 무리지어 서 있다. '갈 데' 와 '갈대' 를 나란히 병치시키면서
낱말 표기의 음성까지도 작품 분위기에 끌어들였다. '죽으라면 죽을 수
도 있는 이 가을날' 하고 그 아름다움을 죽음에 연결시키려 했다. 이때 그
슬픔은 개인의 차원을 넘어 역사의 강줄기에 다다른다.

　'조선 땅의 저 끈질긴 슬픔.'

지금 받아 적은 글은 고작해야 밥을 짓기 위해
물에 담근 쌀에 불과하다.

그래서 슬픔이라는 사람들의 내면 풍경을 갈대라는 바깥 풍경으로 바꿔 세운다. 그것이 우리가 흔히 말하는 형상화 이론의 응용인 것이다.

3. 「섬」과 「삼십 초에 쓴 시」

성격이 급한 사람들은 하나의 사물을 대하면 곧바로 글로 옮기려 든다. 그 글을 남들에게 내보이면서 평가를 받아 보고 싶어 한다. 이렇게 내보인 글이 남들에게 좋은 평가를 받기란 쉽지가 않다. 그 심정이야 충분히 이해하고도 남는다. 그러나 지금 받아 적은 글은 고작해야 밥을 짓기 위해 물에 담근 쌀에 불과하다. 하루가 지나고 한 달이 지나고 1년이 지나면서 그 글이 참으로 부끄럽다는 것을 깨닫게 된다.

〈예문 2〉
바다를 향해 앉으면
이름 없는 섬이네

수평선 저켠
물소리에 귀 기울이다,

글자 수를 마흔다섯 자 이내로 줄이는데
6개월이 걸렸다.

밤이면 작은 불 켜고
홀로 참는
섬이네.

―「섬」 전문

시 쓰기를 처음 시작할 단계일 때 섬이라는 제목을 두고 장황한 내용들로 종이 한 장 가득히 썼다. 고향 앞바다 나지막한 섬의 밤마다 깜빡이는 등대 불빛을 바라보면서 틈만 나면 쓰고 지우고를 반복했다. 글자 수를 마흔다섯 자 이내로 줄이는데 6개월이 걸렸다. 그래서 「섬」이라는 작품 한 편을 완성시켰다. '밤이면 작은 불 켜고 홀로 참는 섬' 이 나였다는 것을 자각케 해 주었기에 이 보잘것없는 작품에 대한 애착이 남다르다.

〈예문 3 〉
비 그치자 풀벌레 소리
석 섬 분량이
쏟아진다

「삼십 초에 쓴 시」는 단숨에 흘러 나왔다.
그러나 제목을 달기까지 3년이 걸렸다.

물에 불린 만월(滿月)이
산창 밖에 떠오른다,

천지간 백금 가루가
만 석쯤은
쌓인다.

　　―「삼십 초에 쓴 시」 전문

「섬」을 쓸 때 6개월이던 것이 20년 넘게 훈련하다 보니 가끔씩 즉석에서 작품 한 편이 나올 때도 있다. 그게 설령 즉흥시였다고 할 수 있지만, 글로 옮기기 전까지 오래오래 내면 어디에선가 발효에 발효를 거듭해 오다가 「삼십 초에 쓴 시」는 단숨에 흘러 나왔다. 그러나 제목을 달기까지 3년이 걸렸다.

4. 퇴고(推敲)란 무엇인가

　어제 쓴 글이 최상의 것일 수도 있다. 그러나 어제를 부끄러워하는 마음가짐야말로 당신의 글을 향상시킨다. 앞 강좌에서 강조했지만 어제 썼던 그 글은 하나의 징검돌에 불과하다는 것을 잊어서는 안 된다. 그

그렇다. 어제를 부끄러워하라. 어제가 부끄럽다고
자각하는 자야말로 내일이 자랑스러울 것이다.

징검돌을 딛고 더 나아가 보라. 한 단계 높아진 당신의 시적 표현력을
확인하게 될 것이다.

이처럼 퇴고란 한 편의 시나 산문을 써놓고 일부 수정하는 것으로 안
다. 그러나 글쓰기의 초보자인 경우는 이 퇴고의 시간을 마치 구도적 마
음가짐으로 인식해야 한다. 고쳐 쓰면서 고쳐 생각하고, 고쳐 생각하면
서 앞으로 나아가는 단계가 바로 퇴고인 것이다.

필자의 습작기에는 컴퓨터가 없는 시대였다. 시인 경우는 백지에다 무
려 1천 회 이상 쓰고 지우고를 반복했다. 그 과정에서 시력과 어휘력 상
상력 즉 창작의 기초 작업의 경험을 쌓았다. 그 고난도의 습작기를 거치
면서 글에 대한 나름대로의 가치를 찾았던 것이다.

지금 노트에 옮겨 적은 그 내용을 하루 지나서 읽어 보고, 열흘 후에 읽
어 보고 기쁠 때 읽고 슬플 때 읽고, 배고플 때 읽어 보고 배부른 후에 읽
어 보라. 많은 경우 어제 썼던 글이 부끄러워진다. 그렇다. 어제를 부끄
러워하라. 어제가 부끄럽다고 자각하는 자야말로 내일이 자랑스러울 것
이다.

제17강 오감의 솜털

1. 산문과 운문

"나는 시를 쓰기 때문에 산문은 쓰지 않습니다." 이는 "나는 권투를 하기 때문에 달리기 연습은 하지 않습니다."처럼 무책임하기 이를 데 없는 이야기다. 모든 운동의 첫 훈련이 달리기에 있듯이 문학의 첫걸음은 반드시 산문과정을 거쳐야 한다. 산문 훈련과정에서 자기 논리, 자기 철학이 형성되고 글쓰는 자로서의 중심 개념이 확립된다. 더욱 중요한 것은 산문쓰기 과정에서 운문과 산문의 변별력을 키워간다는 점이다.

그렇다면 시란 무엇인가. 오래 시를 써 온 사람들도 이 질문 앞에서는 잠시 머뭇거린다. 사랑이란 무엇인가 라는 질문도 이와 마찬가지이다. 그 답변의 형태가 무척 다양하기 때문이다. 어쩌면 시란 논리 밖의 세계에서 새로운 질서를 찾아내는 개인 특유의 정신적 행위의 기록이라 할 수 있다. 따라서 시 창작이란 정해진 주관식 모범 답안지와는 전혀 다른, 비과학적, 비논리적 사고의 표현에 해당된다.

이처럼 시가 하나의 대상에 대한 의미화와 상징화의 역할을 한다면, 산문은 그 대상의 개념화와 범주화에 한몫을 한다. 시든 산문이든 독자에게 전달하는 것은 마찬가지지만 그 전달방식이 전혀 다르다. 산문은 설명으로 전달되는 반면, 시는 순전히 느낌으로 전달된다.

시 창작이란 정해진 주관식 모범 답안지와는 전혀 다른,
비과학적, 비논리적 사고의 표현에 해당된다.

2. 오감의 솜털

웃음과 울음은 만국의 공통언어이면서, 눈물과 웃음소리는 감정표현의 세계적 발음기호이다. 이처럼 사람 표정 중에 가장 대표적인 것이 웃는 얼굴과 우는 얼굴 거기에다 화난 얼굴이다. 그래서 웃음이 많은 사람은 눈물도 많고, 쉽게 웃는 사람은 또 쉽게 울 뿐만 아니라 화내기를 좋아한다.

울음과 웃음, 성냄의 경험이 있는 것을 보면, 사람이면 누구나 감정의 솜털은 있다고 봐야 할 것이다. 다만 그 솜털이 표면적이냐 내면적이냐의 차이일 뿐이다.

글쓰는 이가 보유한 감정의 솜털은 읽는 이의 감정의 솜털을 자극한다. 쓰는 이의 감정적 솜털이 섬세하고 예민할수록 읽는 이의 감정적 솜털을 더욱더 섬세하고 부드럽게 어루만진다. 그 감정의 솜털은 이성이라는 정신세계로 이어지고 비로소 이성의 숲을 깨운다.

간접 체험이든 직접 체험이든 일정한 체험을 통해서 사람들은 각기 감각의 솜털을 키워 나간다. 특히 직접 체험이란 자기 상상력의 솜털을 피부 가까이로 끌어낸다. 여기에서 체험과 상상력이 만나고 거기에서 시력과 어휘력이 만나면서 표현의 시너지 효과를 얻는다.

울음과 웃음, 성냄의 경험이 있는 것을 보면, 사람이면
누구나 감정의 솜털은 있다고 봐야 할 것이다. 다만 그
솜털이 표면적이냐 내면적이냐의 차이일 뿐이다.

3. 풍경화와 추상화

오래전 가을, 호남지방 시골길을 군내버스 타고 여행할 때 노트에 메
모했던 내용을 이곳에 옮겨 본다. 산문, 시, 시조 중 산문과 시는 거의 현
지에서 즉흥적으로 쓴 것이지만, 시조는 당시 영감(靈感)이 되살아나서
한참 후에 쓴 것임을 밝힌다.

〈예문 1〉 산문적 묘사

산자락과 농경지의 접점에서 키 큰 낙엽수들이 물든 잎들을 털어내고 있다.
추수가 거의 끝난 벌판도 어느새 무채색으로 변하고 있는데다, 강둑 쪽 갈대꽃
은 마치 양 떼를 풀어놓은 것 같다. 그 끝자락이 하늘로 이어지면서 새파란 바
탕에 하얀 비둘기 깃털 하나가 스쳐 지나간다.

낡은 군내버스가 비포장 언덕길 정점에서 잠시 멎더니, 먼지 쓴 들국화 송이
같은 시골 학생 셋을 태운다. 맞은편 산 전체의 잡목 숲이 붉게 단풍져 마치 분
서갱유(焚書坑儒)를 떠올리게 한다.

나뭇잎이 지는 것은 마음의 어느 한 부분을 비워내는 것이며, 그것은 인간 욕
구 또는 집착에서 벗어나라는 자연의 귓속말이리라. 중년에서 장년으로 넘어
가는 비포장 삶의 언덕길에서 나의 마음도 어느새 잡목처럼 단풍이 든다. 나뭇
잎도 낙엽이 가까워진 단풍 든 모습이 아름답듯 사람도 욕심을 비워내려는 준

특히 직접 체험이란 자기 상상력의 솜털을 피부 가까이로 끌어낸다. 여기에서 체험과 상상력이 만나고 거기에서 시력과 어휘력이 만나면서 표현의 시너지 효과를 얻는다.

비 단계의 표정이 저와 같을 것이다.

　―「기행수첩」 중에서

〈예문 2〉 시적 묘사
나무들이 자리 털고 일어선다
논과 밭도 서둘러
화구(畵具)를 챙긴다

양 떼를 강둑에 와 풀어놓고
하늘은
새털 하나만 회수해 간다

이 지상의 복잡한 서류들이
앞산에서 불태워지고 있다

우리의 권리는 감소되고 있다.

　―「가을 素描 1」 전문

시를 쓰려던 나는 우선 세상의 모든 자연을 사람의 모습으로, 모든 사

‘나무들이 자리 털고 일어선다’ 면서 낙엽 풍경을 마치
야유회 나왔던 사람들이 일정을 마치고 일어서는 모습
에 맞췄다.

람을 자연의 모습으로 바꿔 세우는 요령을 익혀야 했다. 그래서 가을 벌
판에 띄엄띄엄 서 있는 나무들의 잎 떨구는 모습을 보고 ‘나무들이 자리
털고 일어선다’ 면서 낙엽 풍경을 마치 야유회 나왔던 사람들이 일정을
마치고 일어서는 모습에 맞췄다. 추수가 끝나가는 들판의 색상이 단조
로워진다. 그래서 ‘논과 밭도 서둘러 화구(畵具)를 챙긴다’ 로, 강둑길
양옆으로 수북하게 핀 갈대꽃을 ‘목동이 풀어놓은 양 떼’ 로 묘사했다.

시선(視線)은 다시 하늘로 향한다. 그토록 파란 한국의 시월 하늘에 새
털구름 한 조각이 ‘걸레 스님 붓장난’ 처럼 스치고 지나간 것을 보았다.
이때 감나무, 옻나무, 단풍나무, 떡갈나무, 예덕나무 등 단풍 절정기의
작은 산들이 길과 길 양옆으로 바싹 다가왔다. 이 광경을 ‘이 지상의 복
잡한 서류들이 앞산에서 불태워지고 있다’ 로 그려보았다. 형식과 법과
악성 권위주의 등에서 벗어나고자 하는 개인적 심경이라 해도 좋을 것
이다. 그리고 마지막 ‘우리의 권리는 감소되고 있다’ 에서 생의 하향 이
미지를 가을이라는 계절 이미지에 갖다 맞추면서 시를 마무리했다.

4. 이미지에 관해서

산문과 시로 써내고서도 마음 어느 한구석에는 뭔가 모자란 감이 남아

형식과 법과 악성 권위주의 등에서 벗어나고자 하는
개인적 심경이라 해도 좋을 것이다.

있었다. 이때 털어내지 못한 부분들…… 단순히 한국의 가을을 서경적
(敍景的) 단계에서 끝내지 않고 고달픈 우리 사회상을 시조형식 속에 담
아 보았다.

〈예문 3〉 시조(時調)적 묘사
1
　여름내 장외투쟁 붉은 띠를 벗어던지고/꽃들이 무너져간 통화권 이탈 지역에
는/간간이 번호판 가린 차량들이 보이고//와르르 주식시장 전광판이 무너져 내
려/타는 입술 오므리고 양담배를 빠는 분꽃/줄담배 작심삼일의 금연 약속도 무
너져//돈 돈 돈이라면 양잿물도 마신다는/손이 흰 사람들의 쓸쓸한 타협을 용
서하며/햇살도 휘청거리는 은행나무 거리를 뜨고,
2
　소작농 논둑 위로 새끼 염소 까맣게 울고
　추곡 수매 경운기가 투덜투덜 돌아올 무렵
　전신에 삼도화상 입고
　저녁 강에
　잠기는
　……
　산.

　—「추상 3—무너짐에 대하여」 전문

사람은 크든 작든 체험으로 얻어진 그림 몇 점씩을 가슴에
품고 산다. 그래서 특정 대상을 만났을 때 체험과 유사한 그
림을 떠올린다. 이때 떠오른 그림이 바로 '이미지' 인 것이다.

이처럼 여행 당시 산문이나 시로 쏟아내지 못했던 풍경들이 가슴속에 또 다른 형태로 발효되고 있었다. 그래서 정확히 7년 후에 시조 〈예문 3〉을 쓰게 된 것이다.

논두렁에 흑염소가 어미 찾아 우는 소리를 '까맣게' 라는 공감각의 기법을 사용했다. 추곡 수매 현장에서 낮은 등급을 받은 농부가 마음 편할 리 없다. 그래서 평소 농정에 불만을 품고 있던 농부의 심경을 낡은 경운기가 투덜투덜 털어내고 있는 것이다. 또한 벌겋게 단풍 든 산그늘이 저녁 강에 잠겨 있는 것을 보고 '전신에 삼도화상' 이라 했다. 쓸쓸해진 한국 농촌 풍경과 정한(情恨), 거기에 삼도화상을 입고 사경을 헤맸던 개인의 체험을 얹혀 보았다.

5. 체험과 독해력의 관계

사람은 크든 작든 체험으로 얻어진 그림 몇 점씩을 가슴에 품고 산다. 그래서 특정 대상을 만났을 때 체험과 유사한 그림을 떠올린다. 이때 떠오른 그림이 바로 '이미지' 인 것이다.

작품을 제대로 이해하려면 먼저 산문, 시, 시조라는 장르 구분이 우선돼야 한다. 앞부분에서도 언급했지만 산문코드로 시를 읽어서는 좀처럼

우리가 시력의 나약함을 이야기할 때 특정 대상을
'볼 수 없는 것' 이 아니라 '보려 하지 않는 것' 이며,

이해되지 않는다. 거기에다 시조인 경우 음보(音步)에 맞춰 읽지 않으면 내용 전달이 뒤섞이고 만다. 시와 시조는 쓰기 단계 이전에 읽기 단계부터 익혀야 한다는 이유가 여기에 있다.

또한 독자의 상상력은 독자의 체험과도 연관돼 있어서 작품 이해에도 상당한 영향을 미친다. 농촌 풍경과 현실 더 나아가 우리 사회 현실에 대한 인식 없이는 〈예문 3〉과 같은 작품은 이해하지 못한다.

초보자들의 훈련 조건을 필자 나름대로 정해 두고 있다.

첫째, 새롭되 쉽게('쉽게'와 '가볍게'의 차이를 생각하며) 써라.
둘째, 독자의 상상력을 자극하라.
셋째, 읽은 후 생각에 잠기게 하라.

이는 일반 독자들의 책 선정과정에도 곧바로 적용되는 사항이기도 하다.

제18강 상상의 즐거움

1. 원체험과 상상의 깊이

하나의 물체는 하나의 낱말과 같아서 분명히 또 다른 물체와 연결돼 있다. 하늘이든 땅이든 바람이든 물이든 빛이든 어둠이든 그 어딘가에 고리를 맺지 않는 물체는 없다. 그리고 또 하나, 우리가 사용하는 모든 낱말역시 다른 낱말과 연결돼 있다. 이처럼 물체가 낱말로 이어지고 그 낱말은 또 다른 낱말들로 이어지면서 하나의 선과 색채를 형성해내기 시작한다. 바로 상상의 세계이다. 이때 글쓰는 이가 자기 체험을 바탕으로 쓰는가 하면, 글 읽는 이는 그와 비슷한 자기 체험에 그 내용을 갖다 맞춘다.

시력과 어휘력에 이어 글쓰는 이의 상상력이야말로 독자의 상상력을유발시킨다. 고전깨나 읽었던 사람들은 그 작품의 중요성만큼 작가에대한 연구도 병행하면서, 훌륭한 작품 뒤에는 반드시 남다른 작가의 체험이 있었다는 것을 확인하기도 한다.

그러나 글쓰기 위해 반드시 특정한 체험을 강요할 필요는 없다. 그저평범한 삶의 체험이나 나와 직접적으로 연결된 사물 또는 인연에 대해애정을 가지고 바라보고 쓰다듬다 보는 것 자체가 바로 체험이다.

하나의 물체가 하나의 낱말이듯, 하나의 체험은 하나의 글감이다. 우리가 시력의 나약함을 이야기할 때 특정 대상을 '볼 수 없는 것' 이 아니라 어휘력의 부족함을 이야기할 때 하나의 어휘를 '모르는 것' 이 아니라 눈여겨 '찾지 않기 때문' 이다. 그래서 훈련이 필요하다.

'보려 하지 않는 것' 이며, 어휘력의 부족함을 이야기할 때 하나의 어휘를 '모르는 것' 이 아니라 눈여겨 '찾지 않기 때문' 이다. 그래서 훈련이 필요하다.

체험은 상상력을 구체화시키고 상상력은 글을 구체화시킨다. 이어서 글은 읽는 사람의 체험을 깊게 하고 체험의 깊이는 사유를 깊게 하고 사유는 사람의 삶의 모습을 깊고 아름답게 한다.

2. 우럭 형제 이야기(상상력 키우기의 예)

하루 한 번 바다를 보지 않으면 가슴이 말랐다. 그래서 시내 왔다가 금악리로 돌아갈 때는 거의 애월 해안도로를 거쳐야 했다. 해안도로가 끝나는 지점 애월항 입구에 해산물 가게가 있다. 여기에서 1주일분 생선 반찬거리를 산다. 혼자 먹는 식사여서 가급적 조리가 간편한 어류를 고른다. 그 가게 아줌마는 내가 가게에 들르면 그 지역주민이 낚아왔다는 자잘한 우럭을 손질해 준다. 우럭 두 마리면 한 끼 분량이라는 것을 알고는 두 마리씩 따로 비닐봉지에 포장해 주면서 한두 마리 덤으로 얹혀 주기도 한다.

며칠 후, 텃밭에서 괭이질하다가 점심때가 되어 냉동실의 우럭 두 마

젖소는 사람이 먹어서 99% 소화가 불가능한 풀을 뜯어먹고
99% 소화가 가능한 우유를 생산해 낸다는 내용이었다.

리를 꺼내고 프라이팬에 올려놓았다. 그리고 식용유를 꺼내려고 막 등을 돌리려는데, "아저씨, 잠깐만요!" 돌아보니 아무도 없다. 헛소리를 들었나 싶어 싱크대 아래쪽 서랍을 열기 위해 허리를 굽혔다. "아저씨, 잠깐 내 말을 들어줄 수 없겠어요?" 프라이팬 쪽에서 들려오는 소리가 분명했다.

우럭이었다. 냉동된 상태에 있다가 아가미와 주둥이가 차츰 풀리면서 비로소 말을 하게 된 것이다. 눈빛이 저토록 간절한 것을 보면 이야기 내용이 자못 심각한 것이 틀림없다. 그래서 저들에게 할 이야기가 뭐냐고 물었다.

그중 몸집이 약간 큰 녀석이 자기네 형제를 도로 애월 앞바다에 풀어 달라고 했다. 그곳에는 수많은 괭이갈매기가 있어서 너희들을 갖다놓기 바쁘게 저들의 먹이가 될 거라고 했다. 그러자 녀석은 다시 그럼 자기네를 기름에 튀기지 말고 그냥 밖에 던져주기라도 해 달라고 했다. 나는 또 이곳 금악리는 들고양이가 많은 지역이라 금방 고양이 밥이 되고 말 것이라고 했다. 그리고 너희들은 이미 죽어 있어서 어딜 가나 살아날 가능성은 없다고 했다.

그러자 녀석은 "그걸 내가 몰라서 묻습니까? 세상의 모든 살아 있는 것들은 당연히 죽게 돼 있는 것이고, 죽으면 또 다른 형태로 재활용되는

> "아직도 그런 허황된 논리가 인간 사회에 통하는 것을
> 보면 사람들은 생각보다 훨씬 멍청한 존재들이네요."

것이어서 기왕이면 저희들은 제 고향 가까운 곳에 가서 바다 속 그 무엇으로든 재활용되고 싶어서 그러는 것이지요."라고 했다.

'재활용' 이라는 말에 나의 생각이 주춤했다. 그래서 나는 죽으면 지옥이나 천당에 가는 것이 아니라 재활용되는 것이냐고 물었다. 그리고 40년 전 농업학교 시절, 당시 축산 선생님으로부터 들은 젖소 이야기가 떠오르는 것이었다. 젖소는 사람이 먹어서 99% 소화가 불가능한 풀을 뜯어먹고 99% 소화가 가능한 우유를 생산해 낸다는 내용이었다.

그래서 나는 우럭에게 "인간 세상에서는 사람이 죽으면 착한 일을 많이 한 사람은 죽어서 천당이나 극락에 가고 나쁜 짓을 많이 한 사람은 지옥에 간다는 것이 거의 정론처럼 돼 있다."고 말했다. 그러자 우럭은 약간 비웃음 섞인 어조로 "아직도 그런 허황된 논리가 인간 사회에 통하는 것을 보면 사람들은 생각보다 훨씬 멍청한 존재들이네요."라고 말한다. 거기에다 "그런 바보스러운 말을 이 보잘것없는 미물들에게 전하는 당신이 스스로 부끄럽지도 않느냐."는 핀잔까지 던지는 것이었다.

그 짧은 순간, 나도 한참 잔머리를 굴렸다. 그리고 저들에게 다가가 목소리를 약간 낮추고는 "그렇다면 너희들이 내 몸속에 들어와 시인의 피와 살과 뼈로 재활용되는 것이 어떻겠느냐?"고 물었다. 순간 옆에서 듣고만 있던 동생 우럭이 대뜸, "뭐요? 방금 아까 아저씨가 시인이라 그랬

"언제나 명상의 눈을 하고 혼자 선 채 조용히 세상을 바라
보는 '해마(海馬)'가 바로 바다의 시인"이라고 했다.

어요?" 그러자 나는 약간 으스대는 표정을 지으며, "야, 니들이 시인이
뭔 줄 알아?" 말이 끝나기가 무섭게, "아다마다요. 우리 살던 동네 그 모
자반 숲이 우거진 곳에 시인 한 분이 늘 명상에 잠겨 있는 것을 보았어
요. 그래서 우리는 늘 그 근처에서는 지느러미를 내리고 조용조용히 지
나곤 했지요."라는 것이다. 내가 그분 성함을 아느냐고 묻자, "언제나
명상의 눈을 하고 혼자 선 채 조용히 세상을 바라보는 '해마(海馬)'가
바로 바다의 시인"이라고 했다. 나는 눈을 껌뻑거리며 꾸역꾸역 내뱉는
동생 우럭의 이야기를 하나도 빠짐없이 들었다.

  한참 후, 나는 차라리 이 녀석들을 애월 앞바다로 되돌아가 놔주기로
마음을 먹었다. 그런데 아가미를 맞대고 "소곤소곤, 소곤소곤" 무언가
한참을 저들끼리 주고받고 있었다. 그때 내가 다가가서 "암만해도 너희
들은 애월 바닷가로 가서 놓아주는 게 좋을 것 같다."라고 말하고는 도
로 비닐봉지에 넣으려고 프라이팬을 기울이는 순간,

  "아저씨, 아니 시인님! 저희 형제를 튀겨서 잡숴주십시오! 저희 형제는
기꺼이 시인님의 체내에 섭취되어 시인의 살과 뼈 그리고 눈과 귀로 재
활용되기로 마음을 먹었습니다." 저들에게 그 말을 듣고 이번엔 내가 당
황하고 말았다. 그래서 "난 너희들이 생각하는 그런 진짜 시인이 아니
고, 그냥 남들 앞에 꺼내 보일 간판이 없어서 시인 흉내만 내고 다니는

> "난 너희들이 생각하는 그런 진짜 시인이 아니고, 그냥 남들
> 앞에 꺼내 보일 간판이 없어서 시인 흉내만 내고 다니는 가
> 짜, 삼류, 엉터리, 거기에다 이 막가는 세상을 향해 올바른
> 소리 한 번 지르지 못하는, 진짜 진짜 겁쟁이 가짜 시인" 이라
> 고 말했다.

가짜, 삼류, 엉터리, 거기에다 이 막가는 세상을 향해 올바른 소리 한 번 지르지 못하는, 진짜 진짜 겁쟁이 가짜 시인" 이라고 말했다. 그러자 형 우럭은 "그럼 차라리 잘됐네요. 저희 형제가 시인님 체내에 들어가서 진짜 시인이 되려고 무던히 노력할 터이니 두고 보세요!" 라고 말하는 어조에 진실감이 서려 있었다.

식용유를 붓고 가스렌지에 불을 켜자 우럭 형제는 행복한 듯 서로에게 지느러미를 펴며 가슴을 덮어주는 것이 아닌가. 프라이팬에서 한참 동안 지글거리며 냄새를 풍기더니, 우럭 형제는 어느새 노랗게 잘 익은 반찬이 되어 있었다. 우럭 두 마리의 큰 뼈만 남기고, 지느러미와 아가미, 눈깔과 머리 뼈, 내장 등을 아주 조심스럽게 뜯고 핥고 빨고 씹었다.

그리고 두 달이 지났다. 텃밭 고추가 타는 듯이 다투어 익고, 금악리 꿩들은 돌담 낮은 콩밭에서 울어댔다. 그리고 까치와 직박구리는 서로 무리를 지어 사흘이 멀다 하고 영토 다툼의 패싸움을 치르고 있었다.

가을 문턱에 막 넘어서는 어느 날 아침 침대에서 일어나 거울을 보니, 여태 생기지 않았던 나의 눈가에 쌍꺼풀이 나타나 있었고, 가만히 보니 눈 전체가 우럭 눈처럼 부리부리 변해 있음을 알았다. 그리고 그해 가을에서 겨울에 이르는 사이에 「고추잠자리」, 「붓꽃」, 「금악오름 바람까마

그 수상식장 수상소감에서 나는 그 〈우럭 형제〉 이야기를
했다. 그 식장에 참석했던 수백 명의 사람들은 그것이 비록
'구라' 인 줄 알면서도 모두가 하얀 이빨 드러내며 크게 웃
었다.

귀」, 「적벽으로 향하던 길」, 「백록을 기다리며」 등의 작품들을 썼다. 시
집 원고를 묶고 중앙문예진흥기금을 신청했더니, 거금 1,200만 원이 배
정됐다. 그중 「백록을 기다리며」는 이미 그해 하반기 우수작품으로 선
정되어 나의 농협통장에 100만 원이 입금된 상태였다. 그뿐만이 아니었
다. 「백록을 기다리며」가 마침내 제18회 이호우문학상 수상작에 선정됐
다는 통보가 전달돼 온 것이 아닌가.

경상북도 청도군이 마련한 그 수상식장 수상소감에서 나는 그 〈우럭 형
제〉 이야기를 했다. 그 식장에 참석했던 수백 명의 사람들은 그것이 비록
'구라' 인 줄 알면서도 모두가 하얀 이빨 드러내며 크게 웃었다. 그리고 아
주 오래도록 박수를 보내주는 것이 아닌가. 나는 그 박수의 절반을 우럭
형제에게 보내야 한다고 마음속으로 다짐 또 다짐했다. 2년이 지난 지금
도 가끔 나는 제주 해역의 푸른 수초 사이를 유영하는 그 우럭 형제를 꿈
에서 만나기도 한다.

제19강 정형시의 이해 – 시조라는 이름으로

1. 가둠과 풀림에 대하여

오대양 육대주, 삼천리 금수강산, 봄 여름 가을 겨울, 1년 365일, 사람 키 175, 수명 85세, 이름 석 자, 장편소설 – 원고지 1,000매, 단편소설 – 원고지 80매, 수필 – 원고지 20매, 엿장수 가위 소리, 뻐꾸기 울음소리, 액자, 책의 판형 등 돌이켜 보면 이 세상에 정형 아닌 것이 없다. 글을 쓰다 보면 이 세상, 아니 우주 안에 모든 것들은 제 품속에 뭔가 하나씩을 가둬 두려고 하는 속성을 감지해 낼 수 있다. 이를 반대로 생각하면 세상 모든 것은 이미 그 형식이 갖춰져 있다는 말이 된다.

그러나 시조를 써 보지 않았던 사람들은 왜 답답하고 고리타분하게 시조를 쓰느냐고 한다. 자유시를 두고 하는 말 같다. 그렇다면 산문이나 수필 쓰는 사람들은 "왜 답답하게 자유시를 쓰느냐."고 묻게 될 것이다. 또 있다. 글을 쓰지 않는 사람들은 "왜 그토록 골치 아픈 글을 쓰려하느냐."고 물을 것이다. 그렇다면 그들에게 되묻고 싶어진다. "당신은 왜 영어를 놔두고 답답하고 고리타분하게 한국어를 사용하느냐고, 퇴근하면 왜 집으로 가느냐고, 왜 60분을 1시간 안에, 열두 달을 1년 안에 가둬 두느냐."고.

우주 안에 모든 것들은 제 품속에 뭔가 하나씩을 가둬
두려고 하는 속성을 감지해 낼 수 있다.

2. 정형(定型)의 향유

  모든 대상에는 또 다른 이야기가 있다. 그 대상에다 엉뚱한 제목을 달
고 자기가 표현하고자 하는 내용을 3장 6구 12음보 45음수라는 틀 안에
녹여 담는 것, 이것이 시조다.

  요즘 한라산 굴참나무 숲 깊이 들어가 귀를 기울이면 "또르르 또르르"
목탁 소리가 들린다. 아니 목탁 치는 소리가 아니라 목탁이 돌계단을 굴
러 내려오는 소리, 한라산 오색딱따구리가 나무를 쪼며 제 둥지를 만드
는 숲의 또 다른 소리다.

  가령 시인이 그 소리를 들었다 하자. 형식과 가식과 껍데기를 중시하
는 세상에서 가장 먼저 풀려나고 싶어 하는 자들이 바로 시인이며 예술
가들이다. 그런데 이 딱따구리 소리는 어쩌면 중이 되겠다고 섣불리 입
산했다가 도저히 암자 생활을 견디지 못하고 세속으로 돌아가버린 젊은
비구승을 연상했을 것이다. 그리고 그 소리에다 「파계(破戒)」라는 대명
사를 단다. 한 편의 시조에서 한 편의 소설까지 감지해낼 수 있다.

  암자(庵子)를 빠져나가
  보름째 연락이 끊긴

> "당신은 왜 영어를 놔두고 답답하고 고리타분하게 한국어를
> 사용하느냐고, 퇴근하면 왜 집으로 가느냐고, 왜 60분을 1시간
> 안에, 열두 달을 1년 안에 가둬두느냐." 고.

눈이 큰 비구승을
쏙 빼닮은 딱따구리가

또르르 오색목탁을
돌
　계
　　단에
던진다.

―「破戒」 전문

그러나 그 암자 밖에는 또 다른 무형 유형의 암자가 존재한다. 바로 '라면 한 개에 1,000원', '자리돔 1킬로에 12,000원', '피스 담배 한 갑에 2,500원', '초등학교, 중학교, 고등학교, 대학교' 라는 교육의 틀이 짜여져 있는, 아니 형식이 갖춰져 있는 '세상' 이라는 정형이다.

그렇다면 차라리 이 정형을 인정하고 수용하고 더 나아가 향유하려는 자세, 그 안에서 보다 큰 자유를 찾고 가치를 찾고 아름다움을 찾고 행복을 찾으려는 자세, 좀 더 구체화된 질서와 합당한 언어를 찾아내는 작업이 바로 필자의 시조 창작인 셈이다. 이처럼 3장 6구 12음보라는 포

이처럼 3장 6구 12음보라는 포장지(형식)에는 한층 높은
자유의 희구 즉 풀림의 모티브가 도사리고 있다.

장지(형식)에는 한층 높은 자유의 희구 즉 풀림의 모티브가 도사리고
있다.

3. 언어예술의 백미(白眉)

시인은 「봄비」에다 '발모촉진제'라는 대명사를 갖다 맞춘다. 그것도
그냥 보통 물건이 아니라 하늘나라 고관대작의 밀실 서랍에서 슬쩍해
온, 그야말로 특품 중의 특품 발모촉진제이다.

하늘나라 고관대작의
밀실 서랍에서 슬쩍해 온

수입산 발모촉진제를
사람 몰래
뿌리는
봄

경칩 녘 대머리 오름
화색 벌써

필자는 나의 작품을 문학이론의 틀에 갖다 맞추려는 자체를 거부한다. 그게 바로 매미채(학자)와 매미(시인)의 간극인지 모르겠다.

푸르다.

—「봄비」 전문

300편에 가까운 시조 중 이 「봄비」 역시 꽤나 할 말이 많은 작품이다. 필자가 평소 강조하는 시력, 어휘력, 상상력이 이 짧은 작품 속에 다 녹아들어 있기 때문이다.

'하늘나라 고관대작의 밀실 서랍에서 슬쩍해 온'

상상의 힘을 발휘한다면 시인이 못 가는 곳이 없다. 그런데 하늘나라 고관대작의 밀실 서랍에 어째서 수입산 발모촉진제가 들어 있었을까. 그리고 밀실 서랍에 깊숙이 감춰놓은 이유가 무엇일까.

2002년 경칩 녘에 차를 몰고 서부산업도로를 지나다가 생명력 충만한 들판에서 영감을 얻어 쓴 작품이다. '하늘나라', '고관대작', '밀실 서랍', '슬쩍', '발모촉진제' 등등 전혀 엉뚱한 낱말들이 한 편의 작품에서 어색함 없이 만난다. 혹자는 이 작품을 러시아 형식주의자들의 '낯설게 하기' 문학이론에 갖다 맞추려 든다. 필자는 나의 작품을 문학이론의

언론이 필요 이상으로 유난을 떨 때는 그 이면에 분명
뭔가가 있었다.

틀에 갖다 맞추려는 자체를 거부한다. 그게 바로 매미채(학자)와 매미
(시인)의 간극인지 모르겠다.

4. 글의 살과 뼈

쉽사리 야생의 꽃은
무릎 꿇지 않는다

빗물만 마시며 키운
그대 깡마른
반골의
뼈

식민지 풀죽은 토양에
혼자 죽창을
깎고
있다.

—「엉겅퀴 2」 전문

이처럼 시대인식, 역사인식이라곤 찾아볼 수 없었던 연체동물적 시작 태도…… 그래서 독자들은 시조를 외면했다.

좀처럼 외세에 굴하지 않았던 조선 민중의 의지를 엉겅퀴에 담았다. 더구나 19세기 중엽 반봉건과 민중의 항일구국의 성격을 띠고 일어났던 동학혁명의 중심에서 죽창을 깎던 정봉준의 모습도 상상하면서 쓴 작품이다.

〈동물의 왕국〉에서 보면 자기 새끼를 살리기 위해 어미 치타가 사자를 다른 방향으로 유인한다. 2010년 캐나다 동계 피겨스케이팅 대회에서 김연아가 세계 신기록을 세웠다. 우리 언론들은 김연아 금메달 보도에 연일 침이 말랐다. 언론이 필요 이상으로 유난을 떨 때는 그 이면에 분명 뭔가가 있었다. 그리고 유난히 늦추위가 기승을 부리고 폭설이던 올 춘삼월, 길을 가던 한 사내가 길바닥에 쓰러졌다. 그런데 그 이유는 의사도 경찰도 심지어 그 당사자도 모른다고 한다.

그리고 며칠 후 조팝나무 꽃이 피었다. 유언비어처럼, 슬픔처럼 또는 임자 없는 '밥' 처럼!

진실의 상형문자는
어느 입속에 숨어 있을까

꽃처럼 할 말이 많은지
참은 만큼 폭설인 삼월

더 큰 만남을 위해 어둠을 깊게 하라

요때다, 풍악을 울려라!
세상천지
밥이다.

―「오늘 9―조팝나무 꽃」 전문

시조는 시대인식을 바탕으로 그려낸 한 시인의 언어예술이다. 그래서 시인들은 자연 읽기, 책 읽기, 세상 읽기, 자아 읽기에 한시도 소홀할 수 없다. 그런데 어떤가, 〈젊은시조문학회〉 창립 당시 유재영 시인은 그 특강에서 7, 80년대 민주화 투쟁 당시 시조시인이 감옥에 간 경우는 단 한 건도 없다고 했다. 세상은 시대적 골병에 그로기 상태로 흐느적이는데 시조시인들은 고작 무책임한 음풍농월 안빈낙도만을 일삼고 있었다. 이처럼 시대인식, 역사인식이라곤 찾아볼 수 없었던, 연체동물적 시작 태도…… 그래서 독자들은 시조를 외면했다.

해발고지 높아질수록 나무들은 진솔했다
한두 개 명치에 박힌 상처자국을 내보이며
낮은 키 잡목 숲들이 내게 옷을 벗으란다

진실과 정의는 예나 지금이나 외롭다. 그 외로움에 다가가려 부단히 애쓰는 자가 시인이다. 그래서 그들은 권력 가까이 있음을 부끄러워한다.

비정규직 일터 같은 한겨울 이 잡목숲
관목들 등골이 휜 성판악 등산로 따라
한때 그 위풍 떨쳤던 잔해들이 보이고

지엔피 이만 불입네, 시인들도 다 뜬 지금
어느새 나의 글에 기름기가 끼었다며
뼈뿐인 박달나무가 궁체 붓을 세운다

더 큰 만남을 위해 어둠을 깊게 하라
빽빽한 설산에서 제 뿔이 하얗도록
묵묵히 백록을 기다린 초목들이 고마워.

―「백록(白鹿)을 기다리며」 전문

진실과 정의는 예나 지금이나 외롭다. 그 외로움에 다가가려 부단히 애쓰는 자가 시인이다. 그래서 그들은 권력 가까이 있음을 부끄러워한다.

제20강 귀뚜라미 강좌

1. 밥 먹듯 차 마시듯

먹고 싸고 자는 일! 일생을 살아가면서 하루도 빠뜨릴 수 없는 일이다. 그렇다면 아직까지 당신이 먹은 밥그릇의 수량을 헤아려 본 일이 있는가. 그 밥을 한 군데 쌓아놓는다면 그 높이가 얼마나 될 것인가 생각해 본 일이 있는가.

최명희문학관과 조정래문학관을 다녀온 사람들은 이 두 작가가 한 작품에 사용했던 원고지의 두께를 보고 놀란다. 컴퓨터가 없던 시절, 작가라면 너나없이 원고지에 쓸 수밖에 없었다. 이 땅에 작가라는 사람들이 사용했던 원고지를 저마다 버리지 않고 쌓아뒀더라면 우리나라 문학관에는 머지않아 원고지 높이 싸움이 벌어질 것이다.

작가들은 이처럼 원고지 높이를 자랑하지만, 나무는 제 키의 반대편에 이파리를 쌓는다. 그 이파리가 쌓이고 쌓이면서 결국은 하나의 토양층을 형성한다. 부엽토(腐葉土)가 바로 그것이다. 그 재활용의 법칙이 바로 그 나무의 존재 이유이면서 생명 창조의 밑거름인 것이다.

우리는 일상에서 다반사라는 말을 많이 한다. 차 마시듯, 밥 먹듯 하는 행위[茶飯事]의 일컬음이다. 자기 일상에다 밥 먹듯, 차 마시듯 글쓰기를 하기야 그렇다. 붕어빵 틀 앞에 서서 종일 기다려도 붕어빵 밖엔 나오지 않는다.

끼워넣는 일이야말로 내 생애에 한층 고귀한 가치를 불어넣는 일일 것이다. 불가에선 "진흙이 많아야 부처가 크다."고 한다. 문학에 있어서 진흙이란 지식의 분량이며 체험의 분량이며 사색의 분량이다. 제 영혼의 토양에 땅심[地力]을 키우기 위해서 지속적인 퇴비 쌓기가 필요하다. 그 퇴비의 두께와 글의 가치는 정비례한다.

2. 배우며 가르치며

같은 주제, 같은 장소, 같은 강사, 같은 수강생만으로 주 2회씩 전체 50강을 밀고 나간다는 것은 보통일이 아니다. 글쓰기 강좌는 교육이라기보다 훈련이라는 표현이 적당할 것 같다. 고이고이 사랑만 받고 살아오던 사람들이, 엉뚱한 곳에 와서 수도 없이 자존심의 상처를 받아야 하는 과정이어서 그렇다. 그러나 마흔 넘은 나이에 배울 만큼 다 배운 사람들이 이 훈련과정에서 기꺼이 영혼의 피와 땀을 쏟고 있는 수강생들의 학습태도는 되레 강사를 긴장하게 만든다. 글쓰기를 통해서 새로운 자아를 찾겠다는 것이 대체적인 생각이었다. 그것은 내면 변화의 조용한 조짐인 것이라고 볼 수 있다.

하기야 그렇다. 붕어빵 틀 앞에 서서 종일 기다려도 붕어빵밖엔 나오

학교교육은 시험문제의 정답이 있지만, 창작의 세계는 그
정답의 근사치에 가까우면 가까울수록 점수와 멀어진다.

지 않는다. 아무리 좋은 강좌를 통해 이론이나 기교를 배웠다 해도 쓰는
자의 내면 변화 없이는 그 글 역시 쳇바퀴 도는 다람쥐 이야기와 별로 다
를 게 없다. 인생 삶도 그와 크게 다르지 않다는 것을 저들도 깨달은 모
양이었다. 그래서 지난 20강까지는 이론이나 기교보다 시력, 어휘력, 상
상력을 핑계로 여러 차례 수강생의 자존심을 긁었다. 내면 변화에 조금
이나마 도움이 될까 해서이다.

　습관은 참으로 집요한 것이라는 것을 수강생들의 학습태도에서 또 한
번 깨닫는다. 암기에는 능통하지만 이론의 응용에는 서툴다는 학교교육
의 후유증을 이곳 강좌에서도 느낄 수가 있어서 그렇다. 학교교육은 시
험문제의 정답이 있지만, 창작의 세계는 그 정답의 근사치에 가까우면
가까울수록 점수와 멀어진다. 그래서 나의 글쓰기 강좌는 논리의 전달
이 아니라 느낌의 전달인 셈이다.

　글쓰기 강좌에서 우려했던 어려움 하나를 발견했다. 바로 남을 가르치
는 직종에 몸담고 있는 사람들의 학습태도이다. 학교 선생님이나 논술
학원 강사들의 경우이다. 그들은 자기만의 교육관은 물론, 인식, 글쓰기
의 틀이 갖춰져 있다. 이미 습관처럼 굳어져버린 인식의 틀은 자칫 글쓰
기 훈련에 만만치 않은 저해 요인이 될 수도 있다. '세상과 자기와의 새

'세상과 자기와의 새롭게 만나기' 가 글쓰기 또는 문학의
시발점이라 했을 때, 그 내면 변화의 아픔은 특히 남다를
것이다.

롭게 만나기' 가 글쓰기 또는 문학의 시발점이라 했을 때, 그 내면 변화
의 아픔은 특히 남다를 것이다. 가르치는 입장에서 배우는 자세를 갖춘
다는 게 얼마나 어려운 것인가. 그래서 더욱 조심스럽다.

3. 민영이 엄마

생후 7개월인 민영이는 나에게 있어선 지금까지 모든 강좌의 최연소
수강생이다. 생후 3개월 때 다른 강좌에서 만난 인연 때문에, 이번 강좌
에는 처음부터 하루도 빠짐없이 엄마랑 같이 제자리를 지킨다. 녀석이
이젠 나를 알아보고 다가가기만 하면 안아 달라고 그 귀여운 두 주먹을
내게 내민다.

요람에다 민영이를 눕혀들고 낑낑대며 도서관 계단을 오르는 민영이
엄마의 이마에는 늘 땀방울이 맺혀 있었다. 강의 도중에 민영이가 울면
아기를 업고 뒤쪽으로 나가 우는 아기 추스르면서 강의를 듣는 모습에
내가 다시 감동한다.

나의 강의를 듣고 비로소 시인이 되겠다고 마음먹은 민영이 엄마……
근데 미안해서 어쩌나, 개강 석 달이 가까워도 아직 그녀의 이름을 모른
다, 그냥 '민영이 엄마' 인 것밖엔. 그 외에 꼬마 수강생 셋이 더 있다. 올

요람에다 민영이를 눕혀들고 낑낑대며 도서관 계단을
오르는 민영이 엄마의 이마에는 늘 땀방울이 맺혀 있었다.

여름 그 더위에도 강의실에 와 세 시간 가까이 꾹 참고 기다려 주는 도경이, 연우, 가을이…… 녀석들이 보는 제 엄마의 모습이 얼마나 자랑스러울까. 또한 엄마들은 녀석들이 얼마나 대견스러울까. 엄마 아빠가 밤늦게 책 읽고 글쓰는 모습을 보여주는 것 말고 가정교육에 뭐가 더 있을까. 그렇다면 저들을 위해 내가 할 수 있는 일이 무엇일까.

참으로 모르는 게 사람의 일이잖은가, 몇 년 후 이 자리에서 민영 엄마의 강좌 앞에 무릎을 모으고 단정하게 앉아 있는 백발성성한 고씨 성의 한 늙은이 모습을 상상해 본다. 민영이 엄마 태도에서 반드시 그렇게 될 것이라고 확신한다.

4. 〈예문 1〉귀뚜라미

'물 한 모금 입에 물고 하늘 한 번 쳐다보고…….' 초등학교 때 읽었던 동시 「병아리」의 첫 부분이다. 물을 머금을 때는 머리가 물그릇에 향해 있어야 하고, 그 물을 삼키기 위해서는 머리를 하늘로 향해야만 갈증을 해소할 수 있는 병아리의 처지가 되레 예쁘게 그려져 있다. 이상과 현실을 동시에 생각하게 하는 구절이어서 그럴까, 나이 들수록 이 시구가 새롭게 와 닿는다.

아니다. 작심삼일은 느슨하다. 이틀에 한 번, 차라리
작심매일, 작심매시로 바꾸자! 그렇게 바짝바짝 조이
면서 35년 넘게 피워 온 담배를 끊었다.

'내공(內攻) 쌓기'라는 말이 보통사람들에게까지 통용되면서 나 역시
그 방법 중의 하나를 일상에 끼워놓기로 했다. '공자 왈' '맹자 왈'에서
출발, 고서(古書) 50권을 목표로 대필사경(大筆寫經)을 시작했던 것이
다. 그러나 당초 내 의지의 전력으로 봤을 때 이 작업 역시 작심삼일로
끝날 것이란 짐작은 어렵지 않았다. 수십 번 무너졌던 금연 약속이 그랬
고, 그만두리라, 그만두리라 골백번 다짐했던 인터넷 게임 중독이 그러
했다.

실패를 거듭하는 자여, 그대의 나쁜 습관 세 가지를 버리고, 꺼리는 것
세 가지를 취하라, 정녕 그대 인생이 바뀌리라. 그래, 내가 꺼려하는 것
세 가지를 취하기 위해 삼 일에 한 번씩 작심하자. 아니다. 작심삼일은
느슨하다. 이틀에 한 번, 차라리 작심매일, 작심매시로 바꾸자!
"딱 한 개비를 경계하라!" 금연 선배의 경험담을 충고 삼아 하루에도
열두 번씩 바짝바짝 스스로를 조이면서 35년 넘게 피워 오던 담배를 끊
었다. 금연 삼 년을 넘기고서야 비로소 주변 흡연자의 모습에서 골초 당
시 니코틴에 찌들었던 내 과거의 초췌함을 본다.
이 중독 저 중독 해도 붓글씨 정도라면 괜찮은 편 아닌가. 수천 년 강
줄기에서도 유실되지 않은 성현들의 발자취를 더듬어 보는 것도 그렇지

혹성(惑星)들 인력(引力)이 개인적 에고이즘의 원리이고
개인적 에고이즘이 우주적 균형 유지의 에너지원으로
작용하고 있을 거라는 변증에 이르기까지!

만, 생전의 그 엄정함 잃지 않으시고 매일 아침 아들의 등 뒤로 오셔서 서툰 붓질을 지켜보시는 아버님의 채취를 느낄 수 있어 좋다. 그리고 나는 이 과정에서 '누적(累積)의 경이로움' 이랄까 '지속성의 위대함' 을 체험하고 있다. 고작 3년으로 화선지 두께가 키 높이에 이르는 걸 보면서 문득 지금까지 먹었던 밥의 분량은 물론 이 입에서 쏟아낸 허풍의 분량을 헤아려 본다.

생각은 다시 엉뚱한 곳으로 번져 나간다. 내 잘못 때문에 오염된 세상의 정화를 위해 그보다 몇 배 더한 타인의 선행이 요구될 것이고, 반대로 세상의 균형 유지를 위해선 그만한 악행이 다시 필요하리라는 억측, 혹성(惑星)들 인력(引力)이 개인적 에고이즘의 원리이고 개인적 에고이즘이 우주적 균형 유지의 에너지원으로 작용하고 있을 거라는 변증에 이르기까지!

한 장르가 지니는 구심력과 원심력은 물론 뭔가 아득히 우주의 질서와 맥이 통하는 우리 언어의 신비감을 맛볼 수 있는, 그래서 나의 문학은 시조(時調)에서 출발했다. 정형시라는 고난도의 습작과정에서 할미꽃, 민들레, 엉겅퀴, 강아지풀, 들국화 등의 야생화는 물론 동백, 칸나, 장미,

한 장르가 지니는 구심력과 원심력은 물론 뭔가 아득히
우주의 질서와 맥이 통하는 우리 언어의 신비감을 맛볼
수 있는, 그래서 나의 문학은 시조(時調)에서 출발했다.

코스모스, 목련과 같은 정원의 화초나 꽃나무들과도 어느새 정이 들고
말았다.

이 초목들은 삶과 문학의 길을 함께 보행하면서 나에게 지속적으로 자
연과 언어, 역사와 언어 그리고 저들과 사람과의 관계를 속삭여 준다.
그리고 아주 가끔씩은 세상에 대해 나의 섭섭한 부분을 토로하는 수단
으로 활용되기도 한다.

성난 꽃은 바다에 피어
섬 향해 침을 뱉는다

역풍 몰고 내 창변에 와
붓 꺾고
죽어라 한다

한라산 멱살을 잡고
이 등신아 잠깨라
한다.

―「제주 민들레 4」 전문

“세 가지를 버리고 세 가지를 취하라.”는 하늘의 귓속말이 저
귀뚜라미 소리를 타고 새벽 계단을 굴러 내려오는 것 같다.

　가을 한복판의 새벽 4시 15분, “또르르 또또르르…… 또르르 또또르르” 바보처럼 아직도 제짝 하나 구하지 못한 귀뚜라미가 지치도록 나의 창을 보채고 있다. 보기엔 연약하기 이를 데 없는 등신이고 미물 같지만, 우리들 습관에 뒤지지 않을 집요함이 사람을 이처럼 깨워 앉힌다. “또르르, 또또르르, 또르르 또또르르…… 세 가지를 버리고 세 가지를 취하라.”는 하늘의 귓속말이 저 귀뚜라미 소리를 타고 새벽 계단을 굴러 내려오는 것 같다.

제21강 자기소개서 쓰기

1. 가장 중요한 시험문제

경쟁 사회에서 자기소개서도 남달라야 한다. 개개인의 가치관 적성, 성격, 사고방식 등의 정신적 자질을 판단한다는 의미에서 자기소개서의 역할은 대단히 중요하다. 분명히 자기소개서도 시험의 한 과목이고 치열한 경쟁이다. 그런데 이 중요한 문서를 인터넷 자료나 실용문 지침서 등에 게재된 요령에 의존하는 경우가 있다. 그처럼 자료에 의존해 작성한 자기소개서는 너나없이 비슷비슷할 게 뻔하다. 그래서 그 결과도 뻔하다. 적어도 자기소개서 등을 심사하는 사람들은 그들 자료의 흐름을 빤히 알고도 남는다.

젊은 시절의 삶의 형태는 대개 비슷하다. 그러나 쓰고자 하는 내용의 초점이나 표현방식의 차이에서 남다른 평가를 받게 된다. 자기소개서의 최종 목적은 희망 직종 또는 그 직장에 합격하는 데 있다.

2. 써야 할 것과 쓰지 말아야 할 것

1) 꼭 써야 할 것
가) 고향, 부모, 모교 등 택일하여 소개할 것.

분명히 자기소개서도 시험의 한 과목이고 치열한 경쟁이
다. 자기 특기 중 대표적인 것을 기제하고 그 특기를 그 직
장 발전을 위해 자그마한 벽돌 하나가 되겠다고 써라. 기둥
이 되겠다고 했다간 다친다.

고향, 부모, 모교 등에 깊은 관심을 가진 자는 어떤 직종에 들어가서도
소홀함이 없다. 고향과 모교의 전통, 특히 자기를 가르치신 스승에 대한
존경심 또한 부모님한테서 물려받은 가정교육의 구체적 사항 등을 먼저
강조해야 한다. 자기소개서는 이력이나 약력보다 정신상태 및 사람 됨됨
이를 파악한다는 점을 명심해야 한다. 자라온 환경이 긍정적이든 부정적
이든 모두가 나를 강하게 성장하도록 도움을 준 것으로 기술해 나가야
한다. 침착성, 협동심, 주변 사물에 대한 경외감, 융화력, 겸손 등이 바로
고향, 모교, 부모에 대한 경외심을 기록하는 데서 은연중에 표현된다.

나) 응시 직종과 직장에 대해 파악하라.

어쩌면 희망직종과 직장에 대한 본인의 이해 척도가 심사 기준에 해당
될지도 모른다. 그래서 본인이 그 직종에 종사하는데 적합한 인격체라
는 것을 내용에 맞춰 나간다. 나의 소개 자랑 못지않게 저마다의 직종이
나 직장에도 세상에 자랑하고 싶은 사항들이 있다. 그 맥을 짚어라. 그
리고 그 직장의 창업 취지와 사회 헌신도, 기대와 비전 등을 거론하면서
그 대열에 동참하고 싶다는 의지를 써라. 자기 특기 중 대표적인 것을
기제하고 그 특기를 그 직장 발전을 위해 자그마한 벽돌 하나가 되겠다
고 써라. 기둥이 되겠다고 했다간 다친다.

사회가 어쩌고저쩌고 따지지 말라. 정의니, 사랑이니, 진실
이니, 진리니, 부처님이니, 하나님이니 하는 어휘들은 절대
삼가야 한다.

2) 쓰지 말아야 할 것

가) 세상을 논하지 말라.

자기소개서는 웅변 원고가 아니다. 그리고 직장은 이상세계가 아니고, 그야말로 피도 눈물도 없는 조직체계이다. 거기에다 자기는 책임감이 강하고, 적극적이고, 긍정적인 사고의 소지자라고 쓰는 경우가 있다. 그렇게 쓰는 사람들이야말로 어쩌면 그와 반대인 경우가 많다는 것을 심사원들은 빤히 내다본다. 또한 사회가 어쩌고저쩌고 따지지 말라. 정의니, 사랑이니, 진실이니, 진리니, 부처님이니, 하나님이니 하는 어휘들은 절대 삼가야 한다.

나) 과거를 자랑하지 말라.

전력(前歷)이나 경력(經歷)을 가급적 삼가야 한다. 심사위원들은 "그게 그렇게 자랑스러우면 그곳에 남지 왜 이곳에 오나." 하고 반문한다. 결코 박학다식한 티를 내서도 안 된다. 차라리 넓게 아는 것보다 깊게 아는 것을 자랑하라. 직장을 자주 바꾸는 사람은 그 이유가 남에게 있다고 핑계를 댄다. 이력서가 화려한 사람일수록 성실성에 문제가 있다는 점을 심사위원들은 벌써 알아차린다.

이력서가 화려한 사람일수록 성실성에 문제가 있다는
점을 심사위원들은 벌써 알아차린다.

3. 간결체 문장으로 승부

자기소개서도 정해진 글자 수가 있다. 자기소개서가 가장 중요한 시험
답안지라는 점을 감안할 때 그 한정된 글자 수를 가장 효율적으로 활용
해야 한다. 이때 적용돼야 하는 것이 바로 간결체 문장이다. 간결체 문장
의 특징은

첫째, 하나의 문장에 글자 수가 스무 자를 넘기지 말 것.

둘째, 하나의 문장에 동일한 단어를 한 번 이상 사용하지 말 것.

셋째, 하나의 문장에 동일한 조사(助詞)를 한 번 이상 사용하지 말 것.

넷째, 의미의 중복, 마찰, 억지 등이 없는지 확인할 것.

다섯째, 문법, 띄어쓰기, 맞춤법 등에 이상이 없는지 확인할 것.

4. 한자 병용에 관해서

우리나라에서 사용하는 낱말의 75퍼센트 이상이 한자에서 유래한 것
이라고 한다. 그래서인지 학자들이나 공직사회에서 필요 이상의 한자말
을 사용하고 있다.

자기소개서 등에서 괜히 유식한 티를 내려고 불필요한 한자말이나 어

> 아침에 썼다가 저녁에 읽어 보고, 저녁에 썼다가 아침에
> 읽어 보라. 정직한 자기소개서는 직장보다 오히려 자기
> 를 위해 더 필요한 것이라는 걸 깨닫게 될 것이다.

려운 낱말을 쓰는 경우가 있다. 낱말은 생각이나 정신의 그릇이라고 한다면, 자기소개서나 논술 등에서도 가능한 우리말을 애용하려는 태도를 보여야 한다.

그렇지만 직장은 물론 일반 사회생활에서도 한자는 필수적이다. 한자 낱말에는 사람을 생각하는 입체적 공간이 있다. 그런 의미에서 꼭 필요한 경우를 골라 한자를 섞는 것이 좋다. 다만 불필요한 곳에 한자 남용은 감점 요인이 될 수도 있다.

5. 심사위원을 감동시켜라

적어도 자기소개서를 심사하는 위치에 있는 사람들은 논리와 철학과 감각을 겸비한 최고 엘리트들이다. 그러므로 응시자가 제출한 자기소개서 한 장만으로 단숨에 그 사람됨을 파악해낸다.

그렇다면 저들을 감동시키는 방법이 어떤 것일까. 당연히 현란한 내용 문구나 과장된 자기 표현이 아니다. 어쩌면 지속성과 창의성과 정직성으로 뭉쳐진 우직함이야말로 더 큰 힘을 발휘할지 모른다. 아무리 머리가 좋고 최고 학력을 소지하고 뛰어난 재질을 가졌다 하더라도 이 세 가지 중 하나만 결여돼 있으면 그의 인간적 사회적 평가는 좁아질 수밖에 없다.

아침에 썼다가 저녁에 읽어 보고, 저녁에 썼다가 아침에 읽어 보라. 정직한 자기소개서는 직장보다 오히려 자기를 위해 더 필요한 것이라는 걸 깨닫게 될 것이다.

제3부

에세이 시작노트

제22강 에세이 시작노트 1

「아가미」 외

바다, 바닥, 바탕, 바둑…… 모르긴 해도 '바'라는 소리에는 '가장 낮은 데'라는 뜻이 있는 것 같다. 거기에다 '다'는 '모두'라는 뜻과 '끝'이라는 의미도 감지된다. 이름이 형체를 닮은 것인지 형체가 이름을 닮은 것인지 바다에게 '바다'라는 이름을 단 그 작명가의 센스에 경탄을 금할 수 없다.

울고 싶은 마음일 때 바다는 사람을 대신해서 소리쳐 울어주고, 외로우면 강아지처럼 다가와 발등을 핥는다. 기쁜 마음일 땐 꼬리치며 함께 출렁이다가 가슴으로 와락 달려와 안긴다. 바다는 사람의 마음이고 그래서 아름답다.

스위스의 모럴리스트 아미엘은 "우주 천체학 이론이 정리될 때까지 인간의 심리학도 완성될 수 없을 것"이라고 했다. 그래서일까, 바다를 보면 마치 사람의 얼굴을 보는 것 같다. 어머니 얼굴, 아버지 얼굴, 외로운 얼굴, 배고픈 얼굴, 분노의 얼굴, 사랑하는 얼굴, 탐욕의 얼굴, 버림받은 얼굴, 어린이 얼굴, 늙은이 얼굴, 스승님 얼굴, 공자님 얼굴, 부처님 얼굴, 하나님 얼굴…… 마음 상태에 따라 앞에 펼쳐지는 바다 표정이 참으로 인간적이다. 그래서 바다에 간다.

마음 상태에 따라 앞에 펼쳐지는 바다 표정이 참으로 인간적이다. 그래서 바다에 간다.

1. 아가미

몇 년 전 여름 저물녘, 일과 더위에 지친 상태에서 습관처럼 바다를 찾았다. 해안도로가 끝나는 이호해수욕장 근처에 차를 세우고 방파제 계단으로 내려가 구두와 양말을 벗었다. 그리고는 발밑에 조용히 다가온 바다에 발을 담갔다. 그때 물속으로 내 발을 어루만져 주는 누군가가 있었다.

지금 내 발을 어루만지는 만조(滿潮)의 손! 해녀이셨던 어머니가 물속으로 다가와 아들 발가락 하나하나를 헤아리신다. 아, 이 감촉은 그때 나의 발을 씻겨주셨던 어머니의 손길이 맞다. 어제까지 허옇게 눈을 뒤집고 내 가슴을 쾅쾅 두들기던 바다가, 오늘은 지극히 평온한 어머니 손길로 초로에 접어든 아들의 발을 씻겨주고 계신 거다.

어느새 바다는 보랏빛 융단의 노을을 깔면서, '어제 일 연연치 말라'며 나를 술상머리로 끌어 앉힌다. 올여름 이호해수욕장 모래사장에 뜨겁게 찍힌 발자국을 사르르, 사르르 밀물이 번갈아가며 하나하나 지워나간다. 이때를 맞춰 아득히 한치잡이 배가 집어등 하나를 켠다. '취중에 화장실 가듯' 슬그머니 모래사장을 빠져나간 바다가 마침내 하혈을 바다는 능글능글 거짓말 잘하는 사람 같다.

시작한다. 이윽고 수천수만 마리의 연어 떼가 황금빛 지느러미를 편다. 반짝 반짝 반짝 반짝 반짝 반짝 반짝 반짝, 그토록 눈부신 산란을 마치고 바다가 수평선 위에 조용히 눕는다. 그리고는 붉디붉은 아가미를 접는 것이었다.

1
비 그친 저녁바다 양은대야가 눈에 익다
방파제 낮은 계단에 신발 벗겨 앉히고
오욕의 내 발을 씻는 저 만조의 서늘한 손

2
올 여름 뜨겁게 찍힌 발자국을 지우려 드는
때 이른 술상머리에 오 촉짜리 등을 켜며
어제 일 연연치 말라는 바다 속셈이 무엇일까

3
취중에 화장실 가듯 모래사장을 빠져나가
한켠에 하혈을 거두며 산란을 끝마친 바다
연어 떼 생애보다 붉은 아가미를 접는다.

—「아가미」 전문

신이 수평선을 그을 때 그 끝부분에 붓놀림이 멈칫하여
한 점 섬으로 생겨난 마라도!

저토록 평온하게 저무는 바다! 그런데 왜 여기에 '연어 떼' 가 등장한 것일까. 어쩌면 회귀와 죽음 또 다른 생명의 시작을 감추려던 것일지도 모른다. 독자들이 읽건 말건, 이해하건 말건 내가 상관할 문제가 아니다. 그건 내가 쓴 것이 아니고 그 시각 그 어떤 영감(靈感)의 소행일 뿐이다. 그래서 바다는 능글능글 거짓말 잘하는 사람 같다. 내가 사는 목적은 한마디로 잘 죽기 위한 것이다. 오늘 저 바다에서 잘 죽는 법 한 수를 배운 셈이다.

2. 마라도

신이 수평선을 그을 때 그 끝부분에 붓놀림이 멈칫하여 한 점 섬으로 생겨난 것 같은 섬! 지귀섬, 섭섬, 문섬, 새섬, 범섬, 형제섬, 그리고 가파도와 마라도! 서귀포 높은 곳에 올라서서 동에서 서쪽으로 찬찬히 바다를 내려다보면 이 섬들이 어쩌면 타성받이 형제처럼 조금씩은 다른 인상으로 다가온다.

맨 끝에 언제나 간절한 눈길을 보내오던 마라도는 이미 1980년대에 지치도록 떠돌던 개인적, 시대적 암울함의 대명사였다. 또한 더 멀리 잠겨 있는 환상 속의 섬 파랑도(이어도)야말로 오랜 세월 절망 속에 갇혀 사

어디서건 끝에 있는 것들은 절망의 뉘앙스를 풍긴다. 그 절망의
뉘앙스야말로 최후의 오기로 사람을 무장시킨다.

는 제주도 사람들의 유토피아 같은 곳이었다. 그러나 혹시나 기대했던
시대적 민주화의 갈망은 '섭섭한 뭍 소식'으로 되돌아왔다. 그래서 '파
랑도 가는 뱃길 무적(霧笛) 소리' 조차 안개 속에 묻히고 만다. 마라도는
그 허무를 받아 마시며 나를 지켜보고 있었다. 그토록 사무친 회귀의 꿈
에 바짝바짝 몸을 말리며!

까맣게 한 세월을 수평 끝만 적시면서
사무친 회귀의 꿈에 저 홀로 야위는 섬
하늘도 이곳에 와선 뭍으로만 기우네

뭍 소식 섭섭한 날은 바다마저 돌아눕고
파랑도 가는 뱃길에 잠겨버린 무적 소리
마파람 보채는 이 밤도 불을 끄지 못하는가

차라리 외로운 날은 마라도에 가 앉으리
한 점 피붙이로 빈 해역만 떠돌다가
남단 끝 선명히 찍히는 낙관(落款)으로 앉으리.

―「마라도」 전문

아, 등댓불! 저것은 선지자의 눈빛이며 방황하는 자들의
제단(祭壇)이다. "깨어 있어라, 깨어 있어라!" 이처럼 등대
는 절망과 허무를 뛰어넘어야 하는, 깨어 있는 자들의 존
재 당위성을 확인시켜 주고 있었다.

어디서건 끝에 있는 것들은 절망의 뉘앙스를 풍긴다. 그 절망의 뉘앙
스야말로 최후의 오기로 사람을 무장시킨다. 방황과 무기력상태에서 마
파람에 시달리고 있던 나를 마라도는 불을 끄지 않고 기다려 주었다. 그
리고 한반도의 낙관(落款) 하나를 나에게 선사하는 것이었다.

3. 마라도 노을

마라도 저물녘은 구름 한 점 바람 한 점이 없다. 어느 늙은 어부의 심
줄이 이쯤에서 다 풀리기라도 한 것일까. 바다도 지느러미를 순순히 내
리고 빨갛게 녹아내린 수평선 밖으로 폐선 한 척을 띄워 보내고 있었다.
마침내 지상과 천상의 접점이 허물어지면서 생과 사의 경계선도 폐제
(廢除)되고 있다.

이윽고 노을이 사위고 여태 숨죽이던 파도가 울렁인다. 질기디 질긴
혈육 하나를 먼 곳으로 전송하고 돌아온 사람처럼, 바다가 마침내 나의
무릎께 와서 흐느끼기 시작한다. 그 무렵 노을에 까맣게 타버린 섬이 제
꼭대기에 촛불 하나를 꽂아 세운다.

아, 등댓불! 저것은 선지자의 눈빛이며 방황하는 자들의 제단(祭壇)이
다. "깨어 있어라, 깨어 있어라!" 이처럼 등대는 절망과 허무를 뛰어넘

그 원시적 바다 냄새야말로 원시적 사람 냄새이며 내가
찾아다니는 자유의 원형질일지도 모른다.

어야 하는, 깨어 있는 자들의 존재 당위성을 확인시켜 주고 있었다.

한반도의 낙관(落款)처럼 거기 눌러 있으면서 이 문학초년생에게 노을
바다를 펼쳐주던 마라도, 그때 그 영감(靈感) 이후 내 가슴속에는 전혀
새로운 형태의 섬 하나가 발육되고 있었다.

오늘 이 해역을 누가 혼자서 떠나는 갑다
연일 홍어에 지친 마지막 투망을 남겨둔 채
섬보다 더 늙은 어부 질긴 심줄이 풀렸는 갑다

이윽고 섬을 가뒀던 수평선 태반 열어놓고
남단의 어족을 다스린 지느러미를 순순히 펴며
바다는 한 척 폐선을 하늘 길로 띄우나니

우리가 잔술 내리고 노을 앞에 입을 다물 때
수장을 치러낸 바다가 무릎께 와 흐느끼고
까맣게 타버린 섬이 다시 촛대를 일으킨다.

—「마라도」 전문

바다, 저 등 푸른 자유! 그래서 이 나이토록 바다 앞에만
서면 아가미와 지느러미가 벌름거리기 시작한다.

　설령 절대다수가 불순하다 할 대상일지라도 거기엔 플러스 마이너스
의 순수성과 허용치라는 프로테지가 있기 마련이다. 그 허용치 안에서
또 하나의 자유를 캐는 작업이야말로 내 시업의 근거인 셈이다. 제주도
가 내 고향이듯 제주 해역은 내 시의 본향이다. 그래서 어떤 이는 나의
시에서 원시적 바다 냄새가 풍긴다고 했다. 그렇다. 그 원시적 바다 냄
새야말로 원시적 사람 냄새이며 내가 찾아다니는 자유의 원형질일지도
모른다.

　바다, 저 등 푸른 자유! 그래서 이 나이토록 바다 앞에만 서면 아가미
와 지느러미가 벌름거리기 시작한다. 바다가 이처럼 해방구이면서 또
하나 방황의 시발점이라 했을 때, 사시사철 제주 바다라는 허용치 안에
서만 자맥질해야 하는 나는 참으로 슬픈 어족이다.

제23강 에세이 시작노트 2

「한라산 뻐꾸기」

'사삼문학 어떻게 쓸 것인가?' 라는 주제의 원고청탁을 받고 많이 망설였다. 시조라는 정형화된 장르의 제약 속에서, 사실 나에게는 사삼을 주제로 다룬 작품이 거의 없기 때문이다. 거기에다 사삼 당시 첫돌박이였고, 누나 등에 업혀 난을 피해 숨으러 다녔던 처지였다 보니 그 당시에 기억은 사실상 없다. 다만 사삼이 밟고 지나간 황폐한 터전에서 초등학교 3학년 땐가 당시 이승만 대통령 찬양하는 글을 써다 학교에 바치고, 줄곧 '때려잡자 김일성' 이란 꼭두각시 반공교육을 받는 등 전형적 보수풍토의 후손이었다.

그런데 이 문학과의 운명적 만남에서 현실세계는 물론 역사 등에 눈을 뜨게 되었고, 차츰차츰 내 몸속에 내장된 반공이념이 봉건주의와 맥을 같이하는 보수 우익집단의 톱니바퀴에 물려 있음을 자각하게 되었다. 이 무렵부터 배태된 문학적 나의 색소는 분명히 보수 우익과는 도저히 섞여 돌아갈 수 없는 시대의 반역자의 냄새를 풍기기 시작하였다.

그래서일까, 어느 평자는 나의 작품에서 반역의 냄새가 풍긴다고 했다. 그렇다면 그 평자는 정녕 봉건주의 신봉주의자임엔 틀림이 없고, 그런 시각에서 나의 작품을 읽는다면 반역의 냄새밖에 더 맡을 것이 없다 자기의 처소나 입장에서 세상을 보면 이처럼 억새밭이나 유채밭으로 착각하고 만다. 다만 가을에는 억새밭이 득세하고 봄이면 유채밭이 득세한다.

는 결론에 다다른다.

고전깨나 읽었던 사람들은 한결같이 그 작품이 배태한 시대를 파악할 것이고, 그 작가는 그 시대에 대한 비판적 시각을 가지고 썼다는 것은 물론, 그 시대를 찬양 고무한 작가는 눈을 씻고 찾아도 없다는 것을 확인할 것이다. 나 역시 고전을 읽으면서 그와 같은 작가의 안목을 배웠고 또 그렇게 길들여져 왔다. 그래서 나의 작품에서 반역의 냄새를 맡는 자는 분명히 보수 우익 그리고 봉건주의 이념에 아직도 허우적이는 사람으로 단정해 버린다.

1. 억새밭과 유채밭

억새밭에서 주변을 돌아보면 세상천지가 온통 억새밭이지만, 유채밭에서 주변을 돌아보면 세상천지가 온통 노랗게 보이기 마련이다. 자기의 처소나 입장에서 세상을 보면 이처럼 억새밭이나 유채밭으로 착각하고 만다. 다만 가을에는 억새밭이 득세하고 봄이면 유채밭이 득세한다. 그처럼 유채와 억새는 제주도의 대표적 식물이지만 도저히 같은 밭에서 자라지 않는다. 어쩌면 현 시점의 사삼에 대한 인식, 더 나아가 역사에

안타깝게도 이 나라에는 진정한 화해와 상생은 존재하지
않았던 것 같다.

대한 인식이 억새밭과 유채밭의 경우보다 더 심하면 심했지 덜하지는
않다.

한라산 잡목 숲엔 텃새 한 마리 숨어서 산다
외가댁 대물림에 늙어서도 목청이 고운
사삼 때 청상이 됐던 올해 칠순 이모가 산다

산이 산을 막고 무심이 무심을 불러
해마다 뻐꾸기 소리 제삼자처럼 듣고 있지만
이모님 원통한 숲엔 오뉴월 서리도 내렸으리

반백 년 나앉은 산은 등신처럼 말이 없고
꺼꾹 꺼국 꺼꾹 꺼꾹 숨어 우는 우리 이모
간곡히 제주 사투리로 되레 나를 타이르네.

　　―「한라산 뻐꾸기」 전문

'화해'와 '상생'이란 말을 들을 때마다 유채밭과 억새밭을 떠올린다.
안타깝게도 이 나라에는 진정한 화해와 상생은 존재하지 않았던 것 같
다. 이제 와 새삼 역사인식을 재인식하고 올바로 보자고 아무리 부르짖

보수와 진보라는 이분법적 구분은 이미
보수적인 견해이다.

어도 서로 상대방에게 더 똘똘 뭉치라는 빌미작용 이외엔 아무런 실질
적 효과는 없다. 노무현 대통령이 사삼에 대해 공식 사과를 했다 해서
그 문제가 해결되지도 않았고, 이 벌건 대낮에 한 집단에서는 현기영의
『순이 삼촌』을 불온서적으로 매도하고 있는 것만 봐도 알 수 있다. 이처
럼 이 땅에는 순수문학과 참여문학이라는 이분법의 잣대로 작가와 작
품을 분리하려는 사람들이 엄존한다. 거기에다 사삼이니 민중이니 하는
어휘만 접하고도 알레르기 반응을 일으키는 세력들이 있다. 우리 민족
문학작가회의 제주도 지회의 창립 당시만 해도 적어도 글을 쓴다는 인
사들의 입에서 우리를 '빨갱이 집단' 이라는 말도 서슴없이 사용하면서
이단시했던 점을 기억한다.

　보수와 진보라는 이분법적 구분은 이미 보수적인 견해이다. 그렇다면
보수 우익과 대칭되는 개념은 어떤 것일까. 어휘로만 따진다면 진보 좌
익이다. 그러나 나는 진보 좌익이 아니라 민주주의 신봉자이다. 나 자신
이 농민이었고, 특히 사삼의 피해가 심각했던 지역에 살면서 내 삶의 대
부분이 사삼과 연관이 돼 있다. 그래서 내가 아팠고 내 이웃이 아팠고
그 아픔을 문학작품 속에 녹여내고자 했던 것뿐이다.

　해마다 산간마을 유채꽃이 필쯤이면
　아직도 끄지 못한 미망의 촛불 몇 점

슬픔도 분노도 없는 자는 이미 인간을 사랑하지 않는다고
나는 말하겠다.

제삿날 추녀에 걸린 별이 질 줄 모르네.

—「사월의 꽃 2」 전문

2. 사랑과 분노

러시아의 저항시인 네크라소프는 "슬픔도 분노도 없는 자는 이미 조국을 사랑하고 있지 않다."라고 했다. 어쩌면 시인이라는 자들이 당대의 광대이면서 반역자가 아니던가. 그래서 슬픔도 분노도 없는 자는 이미 인간을 사랑하지 않는다고 나는 말하겠다. 특히 시란 제 영혼의 그림자라 했을 때, 몸속에 광대와 반역의 피가 흐르지 않으면서 시를 쓴다는 그 자체가 약간은 우스꽝스럽기도 하다. 그래서 나의 시나 산문이나 칼럼에선 어디든 반역의 피가 흐르고 있고 나의 글에는 사삼이라는 시간과 공간에서 헤쳐 나와, 아직도 봉건주의 미망에서 깨어나지 못하는 시대에 대해 분노가 있을 뿐이다.

고서를 읽다 보면 다시 소원(小圓)이라는 낱말과 만난다. 닭은 평생 동안 두 치 앞에 모이만을 쫓아다닌다. 그 닭의 눈과 모이와의 거리가 두 치 간격을 직경으로 하여 한 바퀴 돌려 그린 원의 크기가 바로 소원(小

아무리 노를 저어도 그 방향으로 갈 뿐 결코 북극성에는 도달하지는 못한다.

圓)이고, 이것은 닭이 지니고 다니는 정신세계의 크기이다.

　현실, 역사, 하늘 등 세상에는 세 개의 톱니바퀴가 있다. 특히 문학사에는 이 세 개의 톱니바퀴의 간격이 뚜렷하다. 닭이 지니고 다니는 소원(小圓)이라는 정신세계의 크기와 당장 북한이 쳐들어온다는 공갈협박으로 국민을 우민화시키려는 보수 우익적 사고는 정녕 이 소원의 테두리에서 벗어나지 못한다. 그래서 나는 이들 천박한 역사의식에 분노한다. 사삼에 대한 인식은 바로 역사에 대한 인식이며, 역사에 대한 인식은 저항의 인식이다. 그 저항은 분노를 낳고 그 분노야말로 인간을 진정으로 사랑하고자 하는 데 뿌리를 두고 있다고 말하겠다.

3. 일엽편주의 어부처럼

　캄캄한 밤 일엽편주의 한 어부가 북극성을 기준으로 노를 젓는다. 그가 도달하고자 하는 포구가 바로 북극성 방향에 있기 때문이다. 그러나 그 어부는 아무리 노를 저어도 그 방향으로 갈 뿐 결코 북극성에는 도달하지는 못한다. 문학이 추구하는 것은 그 노인이 노 저어가는 방향에 빛나는 북극성이라는 유토피아일지도 모른다.

　사실상 글이란 한 정신을 담아내는 그릇이라 했을 때, 내가 나의 작품

외롭지만 저 일엽편주의 늙은 어부처럼 한 곳을 향해 꾸준히
노를 저을 뿐이다. 그것이 내 삶의 중심 개념이며 문학의 중심
축인 것이다.

속에 담아내려 했던 것이 그 아픔에 잔뿌리를 두고 발육된 정신의 한 모습에 불과하다. 밖에서 바라볼 땐 그것이 사삼문학과 유사한 것처럼 보이지만 분명히 말해서 사삼문학이라고 하기엔 많이 모자라다.

그러나 시대의 아픔을 외면할 수 없고 그 아픔들을 외면하는 지식인들에 대한 분노도 없을 수 없다. 분명히 작가라는 사람들은 시대의 아픈 만큼 분노하는 자들이라 할진데, 봉건사대주의적 입장에서 보면 '반역'이고, 보수 우익 입장에서 보면 '좌빨'이고 글의 빛깔로 보면 '참여문학'이라 할 것이다. 그러나 나는 '좌빨'도 아니고 '반역'도 아니다.

다만 왜곡된 역사를 제대로 인식하지 못하고 오로지 소원(小圓)의 시각으로 시대와 타협하고 인기에 영합하고 제 밥그릇에 연연하는 그런 작품 그런 작가들과는 약간 거리를 두고 싶을 뿐이다. 외롭지만 저 일엽편주의 늙은 어부처럼 한 곳을 향해 꾸준히 노를 저을 뿐이다. 그것이 내 삶의 중심 개념이며 문학의 중심축인 것이다.

제24강 에세이 시작노트 3

양말 두 켤레 포개 신고 「길」

줄을 선 채 비를 맞는 가방들이 사람보다 더 피곤해 보인다. 가방을 보면 그 사람의 행적을 안다, 가방을 보면 그 사람의 마음을 안다. 가방을 보면 그 사람의 고향을 안다. 그러나 가방이 큰 만큼 그 사람의 고향도 멀리 있는 것일까.

　—기행문 중에서

맨 처음 땅 위에 길을 낸 것은 하늘의 심부름꾼 바람이었으리라. 바람이 뚫어놓은 길로 다시 물이 흘렀고 그 물가엔 파릇파릇 초목이 자랐을 것이다. 여기에 짐승들이 모여들면서 그 발자국 따라 사냥꾼도 찾아왔으리라. 뒤 이은 장사꾼 발자국이 다시 사냥꾼 발자국 위에 포개지면서 길 하나가 만들어졌고, 한참 뒤에야 공자도 석가도 예수도 "내가 곧 길이요 진리라." 며 그들이 뚫어놓은 길을 따라 걸었으리라.

대부분 사람들은 과거사를 이야기할 때 자신의 가난과 역경을 먼저 들춘다. 그 흉터가 개인의 것이든 시대적인 것이든 그 역경의 질량만큼 이야기 속에 아픔이 묻어난다. 나의 경우도 이와 마찬가지여서 작품 대부분이 시련과 좌절에 그 뿌리를 두고 있다. 생의 전반을 넘기도록 끈질기

줄을 선 채 비를 맞는 가방들이 사람보다 더 피곤해 보인다.
가방을 보면 그 사람의 행적을 안다, 가방을 보면 그 사람의
마음을 안다. 가방을 보면 그 사람의 고향을 안다. 그러나 가
방이 큰만큼 그 사람의 고향도 멀리 있는 것일까.

게 따라오는 병마와 가난을 운명적인 것으로 받아들이던 내 슬픈 영혼
은 창작이라는 동아줄에 매달려 오래도록 대롱거리고 있었다.

그러나 다행스럽게도 글쓰기를 통해 내가 떠날 길이 아닌, 나를 향해
다가오는 전혀 다른 길을 감지할 수 있었다. 사람, 짐승, 바람, 산, 바다,
섬, 별, 그리고 하늘에 이르기까지 저마다 길을 내며 내 삶에 깊숙이 관
여하고 있음을 알았다. 정녕 그러한 사물들이야말로 내 생의 목격자이
며, 이 시대의 목격자이며, 우리 역사의 목격자임을 깨닫게 되면서 한층
그들의 속삭임에 귀를 기울일 수 있었던 것이다. 어쨌거나 사람들은 자
기만의 그 길을 따라 자기만의 발자국을 남기며 그 길로 왔다가 그 길 따
라 어디론가 떠난다.

열흘 전 행사 참여와 취재를 핑계 삼아 오랜만에 섬을 벗어났다. 그런
데 폭설과 강풍과 풍랑주의보가 계속되면서 꼼짝없이 8박 9일 동안 길
위에 나날들을 보내다가 파김치 상태로 돌아왔다. 덕분에 제주→대구→
청도→대구→대전→청주→조치원→목포→진도→완도→광주→서울→
수원→아산→예산→서울→제주 등 양말도 두 켤레씩 포개 신어 가면서
설중 강행을 계속했던 것이다.

내 여행의 주제는 주로 농업 또는 농촌에서 찾는다. 그래서 이번에는

비로소 '경쟁력' 이니 '브랜드' 니 '차별화' 니 하는 말도
한낱 시대적 유행어에 지나지 않을 것이라는 예감이 별
어려움 없이 다가온다.

농촌과 관련된 한 중앙기관을 찾았다. 여기에도 별수 없이 뼈아픈 농촌 현실은 아랑곳하지 않고 세상에 좋은 말만 다 모아다 엮어놓은 영상자료가 사람을 실망시킨다. 아픔은 오로지 과거형으로 돌려놓고 풍요와 복지를 자꾸만 미래 쪽으로 끌고 가면서 가장 중요한 현실의 중간 토막이 슬그머니 빠져버린 것 같은 전시행정의 그 전형을 여기에서 다시 본다.

 이곳 역시 '브랜드화' 라는 시대적 흐름에 발맞춰 전국 각처에서 생산된 쌀이나 특산물들이 울긋불긋 다양한 포장상태로 자리를 같이하고 있다. 너나없이 자기가 최고라는 이들 품목들을 이처럼 한자리에 모아놓고 바라보노라니, 비로소 '경쟁력' 이니 '브랜드' 니 '차별화' 니 하는 말도 한낱 시대적 유행어에 지나지 않을 것이라는 예감이 별 어려움 없이 다가온다.

 버스가 충청도 어느 시골 입구로 들어설 무렵 잎 진 가로수 허리에 둘러쳐진 '베트남 며느리는 너무 착해요' 라는 어느 국제결혼 상담소의 플래카드가 눈에 들어온다. 전국 농촌 어디에도 흔히 볼 수 있는 이 현수막은 단순히 장가 못가는 농촌 총각 문제에서 머물지 않고, 장애인에서 노약자에 이르기까지 국제결혼에 끌어들이면서 우리보다 더 어려운 나라의 여성들과 짝을 지으려 든다. 그래서 도대체 어쩌자는 것인가. 차라

삶의 길이든 문학의 길이든 '길'은 한 존재를 해방시킬
것 같지만 결국 그 속에다 모든 것을 속박하려는 속성을
지닌다.

리 의자에 머리 기대고 눈을 감아버리자.

제주로 돌아오는 아시아나 항공 특별기편 창밖으로 호남지방의 농촌 마을이 내려다보인다. 저 낮은 지붕들…… 사람과 사람 이웃과 이웃 마을과 마을을 잇는 길들이 폭설로 하얗게 지워져 있다. 저 눈 속엔 정녕 농가 부채를 아득바득 버텨오던 농수산식 비닐하우스가 끝내 그 눈의 무게를 견디지 못해 내려앉아 있을 것이고, 그 속에 파릇파릇 돋아나던 시설채소는 물론 양계장 병아리들이 복구의 손길도 받아 보지 못한 상태에서 이미 얼음장이 돼 있을 것이다.

삶의 길이든 문학의 길이든 '길'은 한 존재를 해방시킬 것 같지만 결국 그 속에다 모든 것을 속박하려는 속성을 지닌다. 그러한 구심력에 반발하려는 역동성 에너지야말로 이 시대가 요구하는 정신이란 걸 누가 모르랴. 항시 삐거덕거리면서도 또 다른 길을 모색해야 하는 생의 수레는 그래서 늘 외롭고 고달프다. '길'이라는 어휘의 뉘앙스가 언제 어디서나 사람을 쓸쓸하게 하는 이유도 여기에 있으리라.

한 세상 사는 것이
다 길이라 하는 것을

'길' 이라는 어휘의 뉘앙스가 언제 어디서나 사람을 쓸쓸
하게 하는 이유도 여기에 있으리라.

물빛 글썽이는
산만 보고 가노라면

세월은 소롯길로 와서
억새꽃을 피웠네.

노을녘 산마루엔
하늘만한 뉘우침이

웃자란 억새밭에
하얗게 눕던 날은

길 잃은 조랑말 한 마리
산을 향해 울었다.

반평생 구빗길을
먼발치로 따라와서

때로는 이맛섶에
주린 듯 돋는 별빛

"우리 고장에는 아무것도 없습니다. 그냥 오셔서 푹 쉬었다
가십시오." 저마다 자기 지역 자랑에 침이 마르는 요즘, 어느
농촌 군수의 지역홍보가 여느 홍보자료보다 사람의 마음을
끈다.

그 순명 비포장 길에서
삐걱이는 내 수레여.

—「길」 전문

"우리 고장에는 아무것도 없습니다. 그냥 오셔서 푹 쉬었다 가십시
오." 저마다 자기 지역 자랑에 침이 마르는 요즘, 차라리 아무것도 없으
니 그냥 와서 푹 쉬었다 가라는 어느 농촌 군수의 지역홍보가 여느 홍보
자료보다 사람의 마음을 끈다.

다시 또 역마살이 돋는 것일까, 관광지도 명승지도 아닌, 아직 인터넷
에도 오르지 못한 벽지 농촌들이 자꾸만 나를 기다리는 것만 같다. 군불
지핀 구들방에 무릎 맞대고 앉았을 때 흑염소 외모를 닮은 그곳 농민들
과 무슨 이야기로 긴긴 밤을 새울 것인가. 그래서 올 설을 넘기고는 바
로 "아무것도 없다."는 그곳, 강원도 어느 산골마을의 실핏줄 같은 길 하
나를 더듬어 볼 참이다. 다시 양말 두 켤레 포개 신고서…….

제25강 에세이 시작노트 4

계절의 빛

서향(西向)인 우리 집 시멘트벽은 한여름 오후 볕살에 고스란히 노출
돼 있습니다. 한낮에 뜨겁게 달궈진 벽체의 열이 방으로 전도되면서 열
대야로 밤잠을 설치는 경우가 잦습니다. 이러한 벽의 부담을 줄이려고
지난해 봄 담쟁이 몇 뿌리를 추녀 밑에 심어두었습니다. 불과 1년 사이
에 그 담쟁이는 벽을 타고 올라 집 전면(前面) 대부분을 덮었습니다. 그
단풍이 너무 고와서 사진도 몇 장 찍고 지난겨울에는 「벽화」라는 제목
의 시 한 편을 쓰기도 하였습니다.

오로지 붙임성 하나로
불경기에도 살만 하다던

우리집 담쟁이가
주춤주춤 겨울에 드네

엎디어 절망을 넘던
물렁뼈가
보이네

"파이팅! 파이팅!" 빛을 향하는 길이라면 결코 포기하지
않는 저들의 집요함에 마음속으로 박수를 보냈습니다.

등 굽은 사다리에 올라
하늘의 필법을 넘보던

파르르 바람벽에
겨울 나는 핏빛 한 점

끊길 듯 세필(細筆)로 내린
동앗줄이
더
춥네.

—「벽화」 전문

　올해는 볕 좋은 날씨 때문인지 단풍도 벌써 핏빛이면서 비록 슬레이트
불록집이지만 가을 운치가 제법입니다. 그런데 그중에 자기 영토를 지
붕까지 옮기려는 녀석이 몇 있습니다. 줄기 하나가 낑낑대며 지붕에 오
를라 치면 슬레이트 골에 숨어 자던 바람이 까딱까딱 그 연한 목덜미를
밀어젖히고, 또 한 녀석이 바람 없는 틈을 타 사선(斜線)으로 살금살금
기어오르노라면 멀찌감치 지켜보고 있던 북동풍이 갑작스레 달려와

하나는 '시가 결코 돈이 될 수 없는 것' 이고, 또 하나는 '요즘
에는 시 자체가 별것 아니므로 "시인! 시인!" 하면서 함부로
껍적대지 말라' 는 의미일 것입니다.

"요녀석 어딜!" 하며 담쟁이의 옆구리를 밀어내곤 합니다. 이처럼 담쟁
이와 바람의 실랑이가 몇 개월째 계속되면서 슬레이트 지붕 처마에서
턱걸이하는 담쟁이들은 보는 이로 하여금 약간의 긴장감마저 자아내게
합니다.

그리고 며칠 전, 기필코 오르고 말리라고 안간힘 다 하던 담쟁이 한 줄
기가 마침내 지붕 위에 첫 흡반(吸盤)을 딛고야 말았습니다. "파이팅! 파
이팅!" 빛을 향하는 길이라면 결코 포기하지 않는 저들의 집요함에 마음
속으로 박수를 보냈습니다.

가끔 시를 왜 쓰느냐고 묻는 사람들이 있습니다. 그 질문에는 두 가지
의미가 포함돼 있음을 알 수 있습니다. 하나는 '시가 결코 돈이 될 수 없
는 것' 이고, 또 하나는 '요즘에는 시 자체가 별것 아니므로 "시인! 시
인!" 하면서 함부로 껍적대지 말라' 는 의미일 것입니다. 그럴 때마다 나
는 그 면전에 대고 "그럼 시 안 쓰는 사람들은 돈 많이 벌어서 모두 때부
자가 돼 있더냐?"고, 그래서 "돈 있는 사람들은 한꺼번에 팬티 다섯 장
씩이나 포개 입고 사느냐?"고, 그리고 "제대로 된 시인이 자기 명함에다
'시인' 이라고 쓰고 다니는 것 봤느냐?"고 오히려 더 큰 소리로 따져 물
으려다 그만두곤 합니다.

그래서 잃어버린 우리의 반쪽 모습을 시 쓰는 행위에서
찾기 위해 밤을 새워가며 그 창백한 손가락의 피를 말리
고 있는 것입니다.

"군자상달(君子上達) 소인하달(小人下達)"이라는 말을 고서에서 읽습니다. 정신적 세계가 상(上)이며 물질적 세계를 하(下)로 해석해도 무방하리라 봅니다. 어쩌면 시대가 우리에게 너무 많은 고지서를 발급하면서, 결국 세상은 본(本)과 말(末)이 전도(顚倒)된 상태로 굴러가도록 돼버린 모양입니다. 그러나 아무리 "돈 돈!" 하면서 물질만을 추구하는 시대라 해도 그 한쪽에선 담쟁이 줄기처럼 끊임없이 생명의 실핏줄을 키워내는 누군가가 존재하기 마련입니다. 그래서 잃어버린 우리의 반쪽 모습을 시 쓰는 행위에서 찾기 위해 밤을 새워가며 그 창백한 손가락의 피를 말리고 있는 것입니다.

"아저씨, 우리는 빛과 진리를 찾아 날마다 저 높은 곳을 향해 나가는데, 언제까지 구정물 같은 세상에서 인터넷 고스톱에만 빠져 있을 거예요?"

유리창에 가볍게 노크하며 사람을 타이르는 담쟁이 한 줄기가 곱습니다.

11월이 왔습니다. 먹이를 찾아 땅바닥만 긁고 다니던 토종닭처럼 본모습 까맣게 잊고 살아온 우리에게 달력은 벌써 그 마지막을 준비하고 있

한 해 다 가도록 아픔을 참으며 하늘과 땅에서 빚어낸 저들의
과즙과 빛깔들이 사람을 눈물겹게 합니다.

습니다. 그리고 들녘에는 벌써 그 마지막을 준비하는 초목들이 우리를
향해 고개 숙여 있습니다. 한 해 다 가도록 아픔을 참으며 하늘과 땅에
서 빚어낸 저들의 과즙과 빛깔들이 사람을 눈물겹게 합니다.

 이 가을 어딘가에 빛나는 과실과 단풍을 준비해 놓고 나를 기다리는
한 그루의 유실수가 있을 것 같습니다. 그 주변엔 황홀한 생명의 빛이
넘쳐나고 있을 것임엔 틀림없습니다. 자그마한 배낭에 칫솔 하나 달랑
꽂고 그 빛나는 유실수를 찾아 훌쩍 떠나고 싶어 견딜 수 없는 토요일 오
후입니다. 벌써 내 속을 알아차린 듯 담쟁이 몇 녀석이 하루쯤 바람 쐬
고 오라고 빨간 손바닥을 흔들고 있습니다. 역시 붙임성 있는 담쟁이 가
문의 처신답습니다.

이별에 익숙한 자의 살짝 붉힌 눈시울처럼 낙엽을 준비하는 갱년기의 관목들
처럼 비로소 몸으로 말하는 시월 한국 저들이 곱다. 표정이 밝은 것만큼 제 슬
픔도 깊었다는 구절구절 구구절절 멍투성이 구절초가 푸르게 삭발을 하고 종
일 저렇게 웃는 걸 봐

봄여름 다 지나도 안색 한 번 바뀐 일 없어
떠날 때 임박해서야 말문 여는 고추잠자리
멍석에 쏟아낸 진실이

자그마한 배낭에 칫솔 하나 달랑 꽂고 그 빛나는 유실수를
찾아 훌쩍 떠나고 싶어 견딜 수 없는 토요일 오후입니다.

몸빛보다
더
부셔.

―「시월의 빛」 전문

제26강 에세이 시작노트 5

오백 원짜리 오징어 「그리운 별꽃」

1

글줄이 막힐 때마다 습관처럼 텃밭에 쪼그리고 앉아 잡초들에게 말을 건다. 제철일 때는 온갖 잡것들이 몰려나와 북 치고 장구 치고 난리를 펴지만, 겨울 들어서는 별꽃과 광대나물 두 종류만 썰렁해진 텃밭을 지킨다. 거기에다 광대나물은 지난 폭설 때 거의 파김치가 된 상태이고 보면 별꽃 혼자 초롱초롱 살아 사람에게 눈길을 준다.

누가 뭐래도 별꽃의 매력이라면 새하얀 치아에 있다. 혹시 별꽃 나라에선 고기와 커피와 담배를 금하고 있는 것일까, 어느 녀석 하나 누런 치아가 없다. 그렇고 보면 자신이 가장 이쁜 쪽이나 매력적인 면이 카메라에 찍히기를 바라는 것은 꽃이나 사람이나 매한가지인 것 같다. 수년 전 어느 장수촌을 취재하던 중 골절상을 입어 몸도 가누지 못하시던 당시 103세 할머니도 카메라 앞에서만큼은 스스로 머리를 쓸어 올리는 것을 보지 않았는가. 그래서 녀석들도 내가 나타나기만 하면 혹시 카메라에 찍히기나 할 것 처럼 "이―" 하고 그 예쁜 치아를 드러낸다.

"아자씨, 아까 방금 오징어 구워먹고 나왔지요?"

혹시 별꽃 나라에선 고기와 커피와 담배를 금하고 있는
것일까, 어느 녀석 하나 누런 치아가 없다.

"어쭈, 니들이 그걸 어찌 알어?"

그렇지 않아도 오징어다리 두 개를 한참 질겅거렸더니 턱이 아직 얼얼
해 있는 상태다.

"척하면 삼척이지요, 우리가 아자씨랑 한 울타리에 산 것이 어디 하루
이틀이유? 아자씨 눈빛만 봐도 무얼 훔쳐먹었는지, 아니면 여기저기 사
람들 비위 맞추느라 딴소리 하고 돌아다니는 거 우리가 모를 줄 아슈?"

"아니 훔쳐먹다니, 이번 설 때 어느 미인 독자가 택배로 보내준 특품
강원도 오징어를 구워먹은 것뿐인데 그걸 훔쳐먹었다니!"

"아자씨, 화내지 말아요, 혼자 먹은 거나 훔쳐먹은 거나 별꽃 세상에선
똑같은 죄로 취급해서 그래요."

그렇다면 녀석들은 내가 어제 문학 스터디에서 두 시간 분량 나불거렸
던 내용 중 90%가 뻥튀기라는 사실을 알고 있었단 말인가. 생각이 여기
까지 미쳤을 때,

"아자씨가 작품 쓴답시고 컴퓨터 앞에 앉아선 '아—씨발, 아 씨발!' 을
연발하면서 밤새도록 인터넷 고스톱에 빠져버린다는 것은 이미 세상이
다 아는 사실이잖아요."

"으—음."

저들과 입씨름에서 내가 꼬리 내리고 있다는 사실을 알아차린 별꽃들

"척하면 삼척이지요, 우리가 아자씨랑 한 울타리에 산 것
이 어디 하루이틀이유? 아자씨 눈빛만 봐도 무얼 훔쳐먹
었는지, 아니면 여기저기 사람들 비위 맞추느라 딴소리
하고 돌아다니는 거 우리가 모를 줄 아슈?"

은 요때다 싶어 요즘 나의 비리나 치부를 낱낱이 들춰내고 있었다. 고성
능 무인카메라와 도청장치가 구석구석에 쫙 깔려 있는 판국에 굳이 아
니라고 변명하고 싶지도 않았다. 내가 변명할수록 이보다 더한 사실들
이 하나하나 세상에 까발려질 것이고, 저들이 바로 그 점을 노리고 있다
는 것쯤은 나도 알기 때문이다.

"그렇다면 니들, 요즘 시끌벅적해 있는 황 모 박사 건에 대해서도 그
진실을 알고 있냐?"

"아─, 그 속눈썹이 긴 미남 박사의 줄기세퐁가 베아세퐁가 하는 그거
요? 그 정도야 알다마다요, 알아도 모른 척하는 거지요. 우리 입이 뻥긋
했다간 여러 고을이 시끄러울 거고……."

대화가 이쯤에 이르자 맑았던 하늘에 커다란 구름덩이가 몰려온다. 그
래서 이야기는 다시 오징어 쪽으로 돌아왔다.

"얼마짜리 오징어지요?"

가자미 눈깔을 한 녀석이 내가 구워먹은 오징어 가격을 묻는다. 갈수
록 이들 별꽃의 위세에 밀려 나는 "천 원짜리는 될 만한 크기였다."고
얼버무리면서 요즘은 연탄불이 아니라 가스렌지에서 굽는다고 말했다.
그러자 한 녀석이 넌지시 나를 올려다보며

"아자씨, 천 원짜리 오징어를 불 위에 얹혔을 때 어떤 모양을 하던가요?"

이처럼 일정한 질량의 아픔을 두고 이에 대처하는 형태는
사람에 따라 다르다는 것을 연탄불 오징어가 말해 주고
있었다.

나는 어느새 청문회 석상에 불려나온 꿀 먹은 정치인처럼 별꽃들의 노
리개가 돼 있었다.

2

천 원짜리 오징어는 불 위에 놓자마자, "빠지지지직" 소리를 내면서
머리와 다리 그리고 몸통을 한꺼번에 비비 트는데, 그 동작이 작은 만큼
전체 오그라드는 시간도 짧다. 그러나 삼천 원짜리 오징어를 불 위에 올
려놓았을 때는 짧은 다리 긴 다리 순으로 느긋하게 오그라들면서 머리
에서 몸통으로 전달되는 파장이 느리고 길다. 그래서 두 쪽 다 오징어를
굽고 나면 짧은 다리부분은 까맣게 타버리고 만다. 이처럼 일정한 질량
의 아픔을 두고 이에 대처하는 형태는 사람에 따라 다르다는 것을 연탄
불 오징어가 말해 주고 있었다.

연탄불 위에 올려놓은 오징어의 모습처럼 천 원짜리는 천 원짜리 답
게, 이천 원짜리는 이천 원짜리 답게, 그 특유의 눈과 입 그리고 팔과 다
리를 비틀던 만년 코미디언 백남봉, 그토록 노련한 연기로 TV 앞에 앉은
사람까지 눈물 핑 돌게 만들었던…… 아주 오래전 이야긴데도 오징어를
구울 때면 경기 환자의 발작 증세처럼 몸을 비틀던 그때 백남봉 선생 모
습이 떠올려지곤 한다.

이번 폭설 때도 별꽃이나 광대나물이 있는 초록빛 주변에는 눈이 빨리 녹았다. 그렇다면 겨울 식물의 엽록소에는 분명히 추위를 견딜만한 에너지원이 숨겨져 있단 말인가.

"아자씨가 오징어라면 천 원짜리에요, 삼천 원짜리에요, 아니면 오백 원짜리에요?"

녀석들의 질문은 집요하면서도 아주 얄미운 데가 있다. 왜 하필 이천 원도 사천 원도 아닌 '오백 원'을 들추면서 사람의 자존심을 긁어내리는 것일까, 요즘 딴 데 신경 쓰느라 이들 텃밭 식구들에게 관심을 보이지 않아서일까, 아니면 그 폭설 속에서도 살아남아야 했던 겨울 잡초들의 또 다른 뜻을 헤아리지 못했기 때문일까.

이번 폭설 때도 별꽃이나 광대나물이 있는 초록빛 주변에는 눈이 빨리 녹았다. 겨울 보리밭이 그렇고 양배추나 블록콜리가 심어진 밭에는 항상 눈이 빨리 녹는다는 사실을 뒤늦게야 알게 된 것이다. 그렇다면 겨울 식물의 엽록소에는 분명히 추위를 견딜만한 에너지원이 숨겨져 있단 말인가. 하긴 눈밭 복수초에도 섭씨 40도의 온도를 뿜어 눈을 녹인 다음 제 꽃송이를 피워올린다는 이야기를 주워들은 바가 있다. 어쨌거나 시대가 어렵고 추워질수록 서로 스크럼을 짜고 열을 발산하는 겨울 잡초들은 저들 스스로 몇 키 높이의 눈을 다 녹인다.

북두칠성 꼬리쯤에서 저만 슬쩍 떨어져 나와 연애 한 번 못해 보고 다시 별이

북두칠성 꼬리쯤에서 저만 슬쩍 떨어져 나와 연애 한 번
못해 보고 다시 별이 되었다는

되었다는, 빵모자 성긴 치아가 어�쩜 너였는지 몰라

　꽃들의 겨울 여행엔 일박 이일이 짧았나 봐. 한겨울 텃밭 같은 내 시첩의 행간
에서 섧도록 깜빡거리는 그 별자리, 그 별꽃!

　볼수록 천치 같다는 꽃 한 송이 만나기 위해 대낮에도 반 촉짜리 등을 켜 두는
그대, 오늘은 우리 텃밭에 별이 몽땅 내려와 있네.

　—「그리운 별꽃」 전문

　"왓샤 왓샤!! 왓샤 왓샤!! 왓샤왓샤왓샤왓샤!!"
　〈전원에세이〉 글감도 제대로 찾지 못하고 막 일어서려는데, 등 뒤에서
스크럼을 짠 별꽃들의 초록빛 함성이 사람을 놀라게 한다.
　"쟤들은 왜 또 저래?"라고 내가 묻자
　"이번 주말에 입춘 한파가 몰아친다는 기상예보를 듣고 저래요. 저렇
게 저들끼리 힘을 모으고 추위를 버티려는 별꽃들이 부러워 죽겠어요."
　지난 폭설 때 허리뼈가 부러져 흐느적거리던 광대나물이 양지녘에 누
운 채 코맹맹이 소리로 말을 걸어온다.
　"제 동료들은 이번 폭설로 절반 이상이 죽었어요. 근데 참 깜빡할 뻔했

'아저씨' 보다 격이 한 등급 낮은 '아자씨' 란 호칭을 고집
하며 거기에다 나란 존재는 오백 원 이상은 결코 될 수 없
다는 점을 끝내 강조하고 있는 것이 아닌가.

네요. 우리 아빠 광대가 숨을 거두시면서 『농업사랑』 올 1월호에 저희 광대나물에 대해 너무너무 잘 써준 김영숙 시인께 고맙다는 인사 꼭 여쭈래요."

나는 〈풀꽃 이야기〉 필자가 '영화 榮' 김영숙이 아닌 '곧을 貞' 김정숙이라고 말하고, 그 광대나물 사진은 내가 찍은 것이라고 자랑할까 하다가 그만뒀다. 그리고 이번달 〈전원에세이〉는 펑크를 낼까 보다 하고 중얼거리는데.

"아자씨, 오늘 텃밭에서 있었던 얘기를 고스란히 옮겨 쓰면 되잖아요."

"그랬다간 독자들이 글 너무 가볍게 쓴다고 나무라지 않을까?"

"괜찮을 걸요, 다만 제목을 '오백 원짜리 오징어' 라 붙여 보세요!"

"으―음."

이토록 초죽음 상태에다 우매한 것 같은 광대나물도 '아저씨' 보다 격이 한 등급 낮은 '아자씨' 란 호칭을 고집하며 거기에다 나란 존재는 오백 원 이상은 결코 될 수 없다는 점을 끝내 강조하고 있는 것이 아닌가.

이런 제초제 맞아 죽을 노옴!! 그래도 태연한 척, 나는 "고맙다, 고맙다."를 반복하면서 풀어진 녀석의 머리를 쓰다듬어 주고는 허둥지둥 방으로 돌아왔다.

제27강 에세이 시작노트 6

파리와의 외출 「오늘 8─파리」

1

가축 분뇨 냄새가 끊이지 않는 우리 마을에는 봄 갈 여름 없이 파리가 많다. 그중 유별난 파리 한 마리가 우리 집에 살고 있다. 내가 밤늦게 원고작업을 할 때면 책상머리에 꼼짝 않고 앉았다가 불을 끄고 침대에 눕고 나서야 녀석도 머리맡에서 같이 잔다.

대체로 나는 늦잠을 자는 편이었다. 그런데 이 파리가 출현하면서부터 그 달콤한 늦잠 맛을 즐길 수 없다. 창문이 희미하게 밝아오면 녀석은 벌써 내 얼굴 전체를 핥기 시작한다. 제아무리 늦잠꾸러기라 해도 파리의 이토록 진한 애무 앞에서는 당해낼 도리가 없다. 결국 파리보다 먼저 일어나는 수밖에 없었다. 새벽 기상이 몸에 배이기 시작한 것도 바로 이 파리가 출현하면서 부터이다.

마을을 벗어나 서부산업도로에 접어들자 녀석은 좋아서 까불기 시작한다. 이번 동행이 갑작스런 녀석의 생떼로 이뤄진 것이기 때문이다. 나도 시속 80킬로 구간에서 100킬로를 밟았다. 그리고 한참을 달렸다. 그 까불던 파리 녀석도 과속이 불안했던지,

내가 밤늦게 원고작업을 할 때면 책상머리에 꼼짝 않고 앉았다가 불을 끄고 침대에 눕고 나서야 녀석도 머리맡에서 같이 잔다.

"아저씨, 사회 지도층 인사가 이처럼 과속해도 되는 거요?"

"뭐, 사회 지도층 인사? 너 어디서 그딴 말은 배워서 내 앞에서 문자냐?"

"요전 날 친구분과 통화하면서 '사회 지도층 인사가 어떻게 음주운전을 하냐' 고 농담했잖수!"

"뭣이? 너 혹시 모 기관에서 보낸 도청용 로봇 파리 아냐?"

그러자 파리는 배꼽 잡고 웃으면서,

"아저씨 같은 무식한 농사꾼한테 뭘 빨아먹을 게 있다고 도청을 다 하겠냐."는 거다. 뭐라, 무식한 농사꾼? 무슨 의도일까, 내 자존심까지 긁으려 든다.

"아저씨, 요즘 양희은 창법을 연습하던데, 혹시 파리에 대한 노래 한 곡 불러줄 수 없겠수?"

녀석이 벌써 나에 대해 별것까지 다 체크하고 있구나 생각하면서도 나는 양희은의 노래 대신 흘러간 뽕짝 〈내가 울던 빠리〉를 뽑았다.

"쿵작짝 쿵작짝" 노래에 흥이 겨워 차 속을 정신없이 날아다니는 파리…… 경마공원 언덕을 막 지나 내리막길에 들어서자 나의 94년형 콩코드도 신이 났는지 130킬로의 속도를 낸다. 나와 파리와 콩코드는 이처럼 척척 박자가 맞았다. 그리고 과속단속 카메라가 있는 지점에서 잠시

나는 파리가 떨어져 나간 애석함보다 내 노래를 들어줄
대상이 사라졌다는 게 더 섭섭했다.

노래를 멈추고 가볍게 브레이크를 밟았다. 차는 정확하게 89킬로의 속
도로 카메라 밑을 통과했다.

그런데 그 까불던 파리녀석이 보이지 않는다. 공기소용돌이를 이기지
못해 밖으로 빨려나간 모양이다. 나는 파리가 떨어져 나간 애석함보다
내 노래를 들어줄 대상이 사라졌다는 게 더 섭섭했다. 한편 이제는 녀석
이 없으니 늦잠도 잘 수 있고, 맛있는 거 혼자 먹게 돼서 좋겠다며 내심
고소하기까지 했다.

2

외출에서 돌아와 넥타이를 풀고 물 한 컵 마시고 책상 앞에 앉았다. 그
런데 맞은편 정면에서 꼼짝 않고 나를 쏘아보는 그 무엇이 있었다. 파리
였다. 경마공원 근처에서 차창 밖으로 떨어져 나간 바로 그 녀석!

"너 맞지? 바로 너지? 용케도 살아 돌아왔구나."

"……."

파리가 차창 밖으로 떨어져 나간 것이 나 때문이 아니라 바로 너 때문
이었다고 침이 마르도록 이야기했다. 거기에다 "너를 잃고 내가 얼마나
슬퍼했는지 모른다."며 펑펑 거짓말을 쏟아냈다. 이 가엾은 '지도층 인
사'의 사설과 변명은 궁색하고 비굴했다.

이 가엾은 '지도층 인사'의 사설과 변명은 궁색하고 비굴했다.

파리는 오래도록 말없이 뒷다리를 들어 한쪽 날개를 자꾸만 쓸어내리고 있었다. 적어도 자기가 차창 밖으로 떨어져 나왔을 때 잠시 차를 세워서 둘러보는 시늉이라도 했어야 하지 않느냐고 따지려는 눈치 같다. 한참 열변을 토하고 있는데도 파리는 계속해서 뒷다리로 날개 쓸기만을 계속한다.

"야, 너 지금 내 말 듣고 있냐?

그래도 아무 반응이 없다. 입 안이 씁쓸했다. 그리고 몇 초가 지났다.

"아저씨, 부탁인데요……."

"글쎄 그 부탁이 뭐냔 말이여?"

나의 언성에는 어느새 짜증이 섞여 있었다.

"아저씨, 먼저 차에서 부르던 노래 계속해 줄 수 없겠수?"

"뭐? 야 너 지금 이 판국에 '최불암시리즈' 하냐."

"파리 세상에서 죽는 거야 다반사지라우, 근데 '파리'에 관한 노래 한 번 들을 수 있다면야 이 파리, 죽어도 여한이 없어라우!"

"어쭈, 요것 봐라 이번엔 전라도 말투?"

"미안하지만 그건 너희들 '파리'가 아니라 프랑스 '빠리'의 노래야 임마!"

"그래도 상관 없응께 불러줘요. 제발, 제에발, 플리이즈, 오넹아이!"

파리든 지네든 바퀴벌레든 세상 모든 미물들이 약속을 한
것일까, 마지막 숨을 거둘 때면 하나같이 저들 가슴이 하
늘로 향해 있다.

파리는 건망증이 심해서 지난 일에 연연하지 않을 것이라는 나의 예상
은 완전히 빗나갔다. 결국,

"쿵작짝 쿵작짝, 눈물의 추어억마안 남아 또오다시 울더언 빠리―
짜―안―"

'빠리' 를 '파리' 로 발음하면서, "쿵작짝, 쿵작짝" 왈츠 박자를 중간중
간 끼워 넣으면서 열심히 파리의 비위를 맞췄다. 내 노래를 들으며 눈물
을 글썽이던 파리는 노래를 마치자 천천히 내 어깨에 날아와 앉는다.

"아저씨, 당신은 시인이 아니고 가수였구먼……."

파리의 목소리에도 진실이 서려 있었다.

그때서야 나도 솔직하게 "인간 사회에선 파리 목숨 정도는 목숨도 아
니"라 했다. 그 말에 파리는 "그걸 내가 왜 모르겠수, 헌데 요즘 텔레비
전을 보면 사람들 목숨도 파리 목숨이나 별다른 점이 없는 거 같던데
요?"라 한다. 그 말에 나의 고개가 힘없이 꺾인다.

파리는 차츰 힘겨운 목소리로 그간 있었던 일들을 털어놓았다. 무엇보
다도 그 아득한 사선을 넘고 넘어 악착같이 집에까지 찾아온 이유가 오
로지 〈내가 울던 파리〉 노래를 끝까지 듣기 위함이었다는 말에 나는 경
악했다.

공휴일 아침, 오랜만에 늦잠을 잤다. 그런데 늦잠 때면 반드시 내 콧등

죽어서야 찾아온 파리 목숨만한 평화…… 그 슬픈 평화가
메모지 위에 가볍게 놓여져 있다.

을 간질이던 파리가 오늘 아침엔 보이지 않았다. 나는 어젯밤 늦게까지
쓰던 원고를 마무리하려고 컴퓨터 앞에 앉았다. 그리고 책상 메모지 위
에 까맣게 죽어 있는 파리 한 마리를 보았다. 허공에 대고 허우적거리던
다리가 이미 멈추었고, 날개 한쪽이 찢겨져 있어서인지 하늘 향한 몸통
이 왼쪽으로 약간 기울어져 있었다. 실종 당시 받은 충격과 상처를 이겨
내지 못한 모양이다.

　세상의 모든 벌레들은 마치 약속이나 한 것처럼 마지막 숨을 거둘 때
면 가슴이 하늘 쪽을 향한다.

　죽어서야 찾아온 파리 목숨만한 평화…… 그 슬픈 평화가 메모지 위에
가볍게 놓여져 있다. 나는 메모지를 들고 한참 동안 파리의 시신을 바라
보았다. 그리고 몸을 반쯤 돌려 "후─욱" 하고 불었다. 아득하게 쓰레기
통 속에서 파리 시체 떨어지는 소리가 들려왔다. 대한민국 광복 60주년
을 맞는 아침의 일이었다.

　은반(銀盤)의 팔보채도
　입만 넘기면
　똥이랬지

　파르르 한 쌍 날개

실파문이
멎으면서

금세기
파리 목숨만한
식은 찻잔의
평화가
슬퍼.

—「오늘 8―파리」 전문

제28강 에세이 시작노트 7

남쪽으로 머리맡 두고

1. 고향인식

우리나라에서 시인이 가장 많이 배출된 마을, 우리나라에서 가장 아름다운 포구를 가진 마을, 한라산이 가장 인자하게 보이는 마을, 지방사투리 중에서도 의성어(擬聲語) 의태어(擬態語)가 가장 발달된 마을, 동박새 휘파람새가 가장 아름답게 우는 마을, 그리고 감귤 맛이 가장 좋다고 소문난 마을이 위미리입니다. 이것이 바로 차별화된 저력이며 자산이며 경쟁력임엔 틀림이 없습니다.

어느 것이나 공짜는 없고, 어느 부분이든 공들이지 않고는 오래가지 않습니다. 이렇게 아름다운 고장으로 가꿀 수 있었던 것은 선조들의 고운 심성과 지혜 때문이며, 뜨거운 애향심으로 똘똘 뭉친 '위미 동카름' 사랑스런 이웃들이 있기 때문이라는 것은 두말할 필요가 없습니다.

지난 해 고향마을 소식지에 필자가 기고한 내용이다. '가장' 이란 비교급 수식어가 무려 여섯 번씩이나 오르내리고 있을 정도로 내 고향 위미리는 아름답고 또 아름답다. 그러나 세상 어디에서건 아름다운 곳에는 그만큼 아픔도 있다. 아픔을 이겨낸 고장은 아름다움에 그 깊이가 더해지고, 아픔에 패배한 곳은 몰락한다. 오늘날 내 고향 위미리의 아름다움

아픔을 이겨낸 고장은 아름다움에 그 깊이가 더해지고,
아픔에 패배한 곳은 몰락한다. 오늘날 내 고향 위미리의
아름다움이 그래서 더 자랑스럽다.

이 그래서 더 자랑스럽다.

십 년 전 제주 시인이 쓴 사투리 시를 읽다가 문득 기억의 한 토막이
뇌리를 스치고 지나갔다. 아무런 준비과정도 없이 그 기억 한 토막을 붙
잡고 무작정 50여 년 전 고향마을을 찾아들었다.

이르는 처소마다 그때의 사람들이며 골목골목이며 초가지붕들이며,
'빌레' 위로 머리 풀고 쓰러지는 파도자락이며, 산천초목들이 담담한 모
습으로 나를 바라보고 있었다. 한참 후 그들은 나에게 말문을 열며 또박
또박 그때의 기억들을 되살려 주는 것이었다.

나는 그들이 건네는 말들을 받아쓰기 시작했다. 주로 마른 음식과 땅
콩 몇 알 씹으면서 거의 잠도 자지 않고 컴퓨터 자판을 두들겨댔다. 하
루 최고 102수가 쓰여진 날도 있었다. 내가 봐도 난 어쩜 신들린 상태였
다. 불과 6일 만에 사투리 시조 300수를 끝냈으니…… 초고에 고작 1주
일이었지만, 이를 분류, 보완, 해설에만 꼬박 3년이 걸렸다. 아쉬운 점이
많지만 국내 최초 사투리 서사 시조집이라는데 자부심을 갖는다.

일루 "팡" 절루 "팡팡" 사름덜은 화룽화룽
집이민 직가지마다 홰홰 불은 붙엄시국

어머니 다음으로 나의 꼬추 달린 알몸을 받아준 바다. 사삼
이 끝나자 바다와 나는 더욱 밀착된 상태에서 원시적 교감
을 나누기 시작했다.

"곱으라 숙격이여 숙격! 아이덜을 곱지라."

밭 갈단 잠대 클렁 밭갈쇠도 풀어두네
어멍 아방 밭 에염이 돔박낭 소굽에 곱아두서
아이덜 어떵 햄싱구 몸을 박박 털었젠 마씀

큰누이 나 업어네 '벌러니'에 곱으레 가난
엉덕 아래 고망고망 사름덜 곱아두서
"영 허당 다 죽나 죽어!" 우는 아일 쫓아랜 마씀

ᄒᆞᆺ설 시난 우리 어멍 카분 감저구뎅이 헤싸그네
물싹허게 익은 감저 ᄒᆞᆫ 질구덕 담안 와네
사름덜 그 감저 먹으멍 눈물작박 했덴 마씀.

―『지만울단 장쿨래기』 중에서

　　1947년 음력 11월 5일 당시 남제주군 남원면 위미리 1931번지에서 출
생, 그 이듬해 11월 28일 산부대가 우리 마을을 1차 습격했다. 이때 가옥
350채가 전소되고 22명의 사망자와 수많은 부상자가 발생했다. 태어나

지금도 바다랑 이야기할 때 1950년대 위미리 사투리만을
사용한다.

자마자 곧바로 사삼의 소용돌이에 휩싸이면서, 내 생의 16밀리 흑백필
름은 이렇게 시작됐다.

2. 바다

그래서 고향의 기억 속엔 언제나 바다가 그 중심에 와 있었다. 어머니
다음으로 나의 꼬추 달린 알몸을 받아준 바다. 사삼이 끝나자 바다와 나
는 더욱 밀착된 상태에서 원시적 교감을 나누기 시작했다. 지금도 바다
랑 이야기할 때 1950년대 위미리 사투리만을 사용한다.

개맡디 물 봉봉들민 옷 맨뜨글락 벗어그네
숨비멍 곤작사멍 또꼬냥 뺏쭉뺏쭉
감시룽 오물조쟁이 고조리가 돼베영

고분절 고개 걱으민 그 앞더레 눌펴들멍
축항 앞이 모치새끼영 흔디들엉 늅담시민
바당은 물기 맞추앙 지만 굽을 느렴서라

개껏이 살당보민 돌 덱길락은 흔눔이역

사람들이 사투리 운운하지만 당시 내가 사용했던 언어는
우리 마을의 표준어였고 나의 모국어임엔 틀림이 없다.

왼착으루 뎅겨봤닥 ㄴ단착으루 뎅겨봤닥
'벌러니' 안터래 들어왕 우리영 끝이 크단 바당.

　　─『지만울단 장쿨래기』 중에서

　독자들에겐 죄송한 말이지만, 여기에서 이 시의 내용을 일일이 번역하
고 설명할 수가 없다. 왜냐 하면 고향 바다가 특별한 경우를 제외하고는
1950년대 풍경은 당시 사람들이 사용했던 사투리로 그려 달라고 내게
부탁했기 때문이다. 사람들이 사투리 운운하지만 당시 내가 사용했던
언어는 우리 마을의 표준어였고 나의 모국어임엔 틀림이 없다. 그래서
인식 저편에 나를 깨워 앉히는 빛나는 고향 수평선을 사랑한다.

바끄레 지붕터래 돌 터그네 바렘서라
누게산디 몰른 돌이 나한터레 바렘서라
날ㄱ치 멍청헌 돌이 멍청헌 양 웃엄서라.

　　─『지만울단 장쿨래기』 중에서

감성적이라는 말은 비이성적이란 의미로도 해석될 수 있다. '날ㄱ치

그 오랜 세월 고생해 온 손바닥으로 가슴을 쓴다. 바로
감성의 텃밭을 가꾸는 것, 그래서 오늘 시를 쓴다.

멍청헌 돌(나처럼 멍텅구리 달)' 이라고 표현한 것을 보면 예나 지금이
나 어리석은 삶을 사는 것은 마찬가지인 것 같다. 그 '멍청함' 때문에
나의 손발은 고생깨나 했다. 그 오랜 세월 고생해 온 손바닥으로 가슴을
쓴다. 바로 감성의 텃밭을 가꾸는 것, 그래서 오늘 시를 쓴다.

3. 고향 쪽으로 머리맡을 두고

나이 50을 넘어 고향을 떠나온 사람들은 너나없이 고향 마을에 대한
애증을 갖기 마련이다. 지금까지 사투리로 썼던 작품들은 어쩌면 한 인
간이 고향에 쏟아 붓는 투박한 애증의 표현이라 해야 할 것이다.
허구헌날 신세타령이고 세상의 모든 십자가는 혼자 지고 사는 사람처
럼 작품마다 "아파! 아파!" 소란을 피우다가 어느 봄 고향 바다를 찾은
어느 날 바다는 빙그레 웃으며 나를 반기는 것이었다.

겨우내 윗목에 누워 뒤척이던 고향 바다
봄은 그 머리맡으로 양은 대야를 끌어당기며
어젯밤 잠 설친 돌섬
젖은 이마를
만지고 있다

내가 화내면 고향도 화내고 내가 울면 내 어머니가 그러
셨던 것처럼 고향도 같이 운다.

푸근히 뜸잠 결에 안개꽃 봄눈이 와서
포물선 물마루 끝이 하늘자락에 허물어지면
아득히 옥돔 어장엔
등을 켜는
풍란 한 촉
아직도 가슴에 남은 흉터 하나를 어쩌지 못해
세월의 뒷켠에 숨어 떠난 자를 그리워하던
섬비탈 토종동백도
눈시울을
붉힌다

바다가 솜이불 펴고 남녘 창을 열어둔 까닭
돌아오라, 사람아 저 치잣빛 수로를 저어
위미리 낮은 방파제
초록등도
켜리라.

—「내 고향 봄바다엔」 전문

고향은 나에게 있어서 무척이나 인간적인 하나의 인격체이다. 내가 화

그래서 고향 마을은 내 육신의 어버이며, 고향 언어는
내 정신의 어버이다.

내면 고향도 화내고 내가 울면 내 어머니가 그러셨던 것처럼 고향도 같
이 운다. 고향을 등지면 고향도 나를 등진다. 어쩌다 나도 시인 또는 작
가라는 호칭을 듣게 된 입장이고 보니, 어떤 원고나 강의를 막론하고 약
력에는 반드시 '남원읍 위미리 출생' 임을 밝힌다. 나이 들수록 그곳에
태어난 것이 자랑스럽게 생각되기 때문이다.

그래서 문학 후배들에게 시집이든 산문집이든 반드시 고향 사투리로
엮어낸 저서 한 권씩을 가져 달라고 주문하기도 한다. 그게 고향에 대한
보답이며 조상에 대한 보답이며, 이웃에 대한 보답이라고 생각하기 때
문이다.

고향에서 고향이라는 말을 들어도 고향 생각이 난다. 문학 또는 글쓰
기가 자기의 재발견이라 한다면, 자기는 자연의 일부이고 그 자연의 일
부가 고향인 셈이다. 그래서 고향 마을은 내 육신의 어버이며, 고향 언
어는 내 정신의 어버이다. 지금 산북(山北)에 와 살면서도 잠잘 때 머리
맡은 항상 산남(山南) 쪽에 두고 있는 이유가 거기에 있다.

제29강 시집 해설의 예

화산회토에서 발육된 식물성의 시심
—양인택 시집 『과수원 가는 길』을 중심으로

토양학에서 보면 화산회토(火山灰土)는 분화구를 중심으로 대부분 동남쪽에 분포한다고 돼 있다. 당초 화산이 폭발하면서 그 화산재가 북서풍 기류를 타고 동남쪽 초원을 덮어버린 것, 따라서 흑색을 띤 제주 화산회토는 초원과 화산재가 섞여 형성된 이른 바 부식질(腐植質) 토양이다.

양인택 시인의 출신지가 바로 이 화산회토의 중심인 서귀포시 남원읍 산간마을이다. 당초 땅심이 약할 뿐만 아니라 점질(粘質)이 떨어지는 토양이어서 이곳에는 산성에 강한 억새나 고사리가 잘 자란다. 한편 이 지대에는 자갈이 많아 물빠짐이 양호하고 좀처럼 가뭄이 타지 않는다는 특징이 있다.

이처럼 보수력과 물빠짐이 좋다는 그 토양의 물리적 환경은 기후조건과 마찬가지로 그 지역사람들의 생활습관이나 정신면에 이르기까지 영향을 미치게 마련이다. 70편이 넘는 이번 작품들을 읽어 내려가면서 필자는, 양 시인의 시적 감수성과 시심이 초겨울 개울물처럼 맑아질 수 있었던 것은 이 걸러냄의 토양학과 결코 무관하지 않음을 알 수 있었다.

그 토양의 물리적 환경은 기후조건과 마찬가지로 그 지역
사람들의 생활습관이나 정신면에 이르기까지 영향을 미치
게 마련이다.

칼슘 결핍증의 귤나무처럼

양인택 시인을 처음 알게 된 것은 수년 전 민족문학작가회의 제주도지
회가 연례행사로 개최했던 여름철 창작강좌에서이다. 이미 이순을 넘기
셨음직한 자그마한 체구의 한 분이 젊은이들 사이에 조용히 눈을 깔고
앉아 강의를 듣는 모습이 인상적이었다. 그리고 그가 우리 고향 남원읍
출신이면서 오래도록 교직에 몸담아 왔다는 것을 알게 된 것은 한 달 간
의 시 창작 강좌가 끝날 때쯤이었다. 그 후 몇 차례 만남을 통해 그처럼
해맑은 시심은 자연 가까운 곳인 귤농사의 텃밭에서 발육되고 있음을
알았다. 좀처럼 타인의 사상 영역에 관여하지 않는다는 점과 어쩌면 칼
슘 결핍증을 지닌 감귤나무 생태를 많이 닮았다는 것이 필자가 본 양인
택 시인의 인상이다.

그런데 얼마 후 보내온 그의 시집에서 사람을 자연 가까이 불러앉히는
야릇한 힘이 감지됐다는 점은 뜻밖이었다. 그리고 몇 년이 지났을까, 그
가 불쑥 원고봉투를 내밀면서 시집의 해설을 맡기는 것이 아닌가.

오랜 망설임 끝에 그의 청을 받아들이기로 했다. 그리고 수차례 작품
을 읽었다. 정녕 그의 작품을 읽으면 읽을수록 사람의 마음을 가라앉히
는 그 무언가가 있었다. 충분한 여백 처리에다 담백한 색채감으로 그려
놓은 수채화처럼.

우리 농촌이나 빈집이나 시인 주변에는 대부분 공허라는 그림자가 서성이고 있다.

빈집에도 그리움이 있는 모양이다
굽힌 허리 지붕에 호박넝쿨 키우는 걸 보면
즐거웠던 과거의 식구들을 기다리는 모양이다.

—「빈 옛집」 중에서

농촌이 어려워지면서 도시로 떠나는 사람이 많아졌다. 사람이 살던 집도 체온이 살아 있는, 어쩌면 가족과 마찬가지이다. 젊은이가 도시로 빠져나가고 늙은이만 살다가 죽고 말면 집만 덩그마니 남는다. 초가집이든 슬레이트집이든 농촌 어디에든 빈집들이 는다. 그런데 그 집 지붕에 줄을 뻗는 호박넝쿨을 보고 도시로 나간 젊은이들을 기다리는 마음을 그려내고 있다.

농촌도 노쇠해졌고 집도 노쇠해졌고 더구나 시인 자신도 황혼녘에 서 있다. 이때 우리 농촌이나 빈집이나 시인 주변에는 대부분 공허라는 그림자가 서성이고 있다.

어쩔 것이냐
세월 앞에선 귤나무도 늙는다
'말진 밭' 과수원에

그 정도의 세월이라면 정녕 귤나무도 주인의 마음을 읽을
것이요, 주인은 귤나무의 마음을 읽고도 남을 것이다.

가을이면 갈옷을 입고
나보다 귤 값 폭락을
먼저 걱정하는 귤나무여

이제 부귀영화는 끝나고……

올가을 생산비도 건져내지 못한
나이 든 귤나무가 나에게 다가와 묻는다

앞으로 할 일이 무엇이냐고
귤나무에게도 마지막 호사는 있는 것이냐고
나처럼 늙어가는 귤나무가 나에게 묻는다.

─「귤나무 앞에서」 전문

굳이 대학나무라고 사족을 달지 않더라도 50년 가까이 지역경제의 버
팀목이 돼 오던 귤나무다. 그리고 시인은 귤나무와 함께 늙고 있다. 그
정도의 세월이라면 정녕 귤나무도 주인의 마음을 읽을 것이요, 주인은
귤나무의 마음을 읽고도 남을 것이다.

'이제 마지막 호사는 남아 있는 것이냐' 는 귤나무의 뼈아
픈 질문이 이 땅에서 농사짓는 모든 사람의 마음에 깊이
와 꽂힌다.

창작에 있어 모든 자연을 사람의 한 형상으로 갖다 앉히고, 세상의 모
든 사람을 자연의 위치로 돌려보내는 이른바 의인화(擬人化)의 기법을
쓰는 경우가 있다. 하여 여기에 전성시대를 넘긴 나이 든 귤나무가 나이
든 농부와의 시름 섞인 대화가 읽는 이의 마음을 어루만진다. 최근 한미
FTA 타결로 낙심천만의 농심을 차라리 귤나무가 농부보다 먼저 걱정하
는 장면이다. 그 주인에게 '이제 마지막 호사는 남아 있는 것이냐' 는 귤
나무의 뼈아픈 질문이 이 땅에서 농사짓는 모든 사람의 마음에 깊이 와
꽂힌다.

그럼에도 불구하고 그 내용들을 들여다보면 시국이나 통치권에 대한
원망의 기색이나 항변이 없다. 시대의 흐름을 담담하게 받아들이는 그
모습이 때로는 바보스럽기도 하다. 그러한 그 삶의 태도는 다음 시에서
도 확인할 수 있다.

마을 사람들의 가슴에
살아 피는 풀꽃 같은 별
바람 불면 바람소리로 답하고
비가 오면 빗소리로 이야기하는 사람들
봄에는 봄을 닮은 사람들
여름에는 여름 닮은 사람들이

중산간 마을의 하늘빛은 그리움의 빛깔이고 순한 초식동
물의 눈빛이고,

가을이면 가을 닮은 사람들이
겨울이면 겨울 닮은 사람들이
일 년에 네 번씩 얼굴색이 바뀐다

이 마을에는 눈이 맑고 고운 사람들이 산다.

―「중산간 마을 하늘은」 중에서

중산간 마을의 하늘빛은 그리움의 빛깔이고 순한 초식동물의 눈빛이
고, 비가 오면 빗소리로, 바람 불면 바람소리로 대답하는 시인의 눈빛과
도 같다.

서정의 스케치북

그는 또 계절의 경계가 분명한 서귀포시 남원읍의 사계(四季)를 그 서
정의 스케치북에 옮겨놓고 있다. 모든 작품마다 밑줄을 긋고 싶은 구절
한 부분이 있었다.

추억의 체온은 차갑지만
사랑의 체온은 아직 따뜻합니다

계절의 경계가 분명한 서귀포시 남원읍의 사계(四季)를
그 서정의 스케치북에 옮겨놓고 있다.

추억 속에 사람이
다시 찾아올 것만 같은 들판 길에
봄이 먼저 달려와
파릇파릇 융단을 깔아놓습니다.

—「봄이 오면 산과 들에」 중에서

이 세상에 와서
사랑한다 라는 말 한 번 들어 본 적 없는
여인들이 발밑으로 떨어지는
백목련의 아침!

—「백목련의 아침」 중에서

숲 속 나뭇가지엔
길이 보입니다
그 길 끝나는 지점에
산 새 한 마리
분주하게 둥지를 틀고 있습니다.

—「가을길」 중에서

시께나 쓰는 사람들은 대부분 개인 또는 시대적 아픔을 시의
중심에 끌어들인다. 그러나 좋은 시인은 그의 개인적, 내적 상
처를 반성 분석하여 그것에 보편적 의미를 부여할 줄 안다.

저길 자세히 봐
까치밥 한 개가 으깨지고
아물지 않는 기억처럼 피를 흘리고 있는 걸 보면
나보다 누가 먼저 다녀간 것이 분명해!

―「겨울 오솔길」 중에서

등 어느 한 부분 쓰고 지우고 다듬고 고친 흔적이 없어 보이는 시구(詩
句)들이다. 우리가 가끔 주고받는 일상적인 말 중에서 '시적(詩的)'이라
는 단어가 있다. 문학에서 말해지는 시의 효용성과는 다른, 듣는 이나
읽는 이들을 행복하게 할 때 꺼내는 낱말이다. 양 시인의 시어들이 그렇
다. 하나의 대상을 본대로 그려낼 뿐이다. 이러한 화법 또는 필법이 독
자들의 가슴과 머릿속에 들어와 자리 잡는다. 되레 그 여백과 아쉬움을
독자들이 채워주길 바라는 것처럼 보이지만, 그러나 필자는 안다. 양인
택 시인은 문학 안에서 결코 그 무슨 저의를 갖는다거나 기교를 부릴 줄
모르는 분이라는 것을.

상처 쓰다듬기

시께나 쓰는 사람들은 대부분 개인 또는 시대적 아픔을 시의 중심에

이처럼 우주적 언어의 소통은 대부분 동심과 정직을 바탕으로 했을 때만 가능하다.

끌어들인다. 그러나 좋은 시인은 그의 개인적, 내적 상처를 반성 분석하여 그것에 보편적 의미를 부여할 줄 안다. 그런데 작품 속에 좀처럼 개인의 아픔을 드러내지 않는 양 시인도 동백꽃에 대해서만은 약간 예민한 반응을 보이고 있다.

침묵을 아는 사람이
침묵의 꽃을 헤아리듯
미소를 아는 사람이
남의 미소를 헤아리듯
슬픔을 아는 자가
남의 슬픔을 헤아리듯

그래서 쉽사리 말문을 열지 않는 동백
오늘은 눈 부릅뜨고
떨어져 나를 바라보고 있다.

—「다시 동백이 지고」 중에서

제주도 토종동백은 여러 가지 모습으로 사람을 불러세운다. 더구나 길바닥에 떨어진 그 꽃에서 침묵을 읽는 사람들은 그만한 사연이 또 있다.

문학작품에서 가끔 비비 꼬인 언어들의 나열을 본다. 그리고
여기에는 대부분 '기법' 과 '실험' 이라는 가면이 씌워져 있다.

'…눈 부릅뜨고/떨어져 나를 바라보고 있다.' 는 부분에서 우리는 쉽게
제주 현대사의 비극인 사삼을 떠올리게 된다. 사실 양 시인이 태어난 마
을은 당시 군경의 토벌대상이 될 정도로 그 상처가 유난히 깊은 곳에 해
당된다. '침묵을 아는 사람이/침묵의 꽃을 헤아리듯' 의 부분에서 사삼
에 대해 시종 입을 다물고 있는 시인의 심중을 어렴풋이 짐작할 수 있다.

문득 바람이 멎고 온 마을엔
밤새 내리는 눈
바람이 불면 유난히 반짝이는 별들이
눈이 내리면 조용히 함께 내려와
가로등 조는 마을 안길에서 같이 밤을 샌다.

―「마을의 겨울잠」 중에서

결국 조용하고 온화한 마음으로 눈과 함께, 별과 함께 과거에 많이 아
파했던 고향 마을을 어루만지려는 시인의 가슴을 짐작할 수 있다.

정직한 마음으로 사물을 바라보면 사물은 정색하면서 시인의 귀에 대
고 속삭여 준다. 암만해도 양인택 시인은 한 번도 동심을 잃어 본 적이

어쩌면 작가의 기교처럼 보이다가도 유심히 보면 이들 유형은 엉뚱한 곳에서 헛발질해대는 맹목적 아카데미즘의 굴종이나 자기 현시 즉 돌출 욕구의 일면만 같아 …….

없는 것 같다. 자연과 그토록 친밀할 수 있다는 것은 자연처럼 순수한 마음가짐이 아니고서는 쉽게 이루어질 수 없기에 말이다.

이처럼 우주적 언어의 소통은 대부분 동심과 정직을 바탕으로 했을 때만 가능하다. 문학작품에서 가끔 비비 꼬인 언어들의 나열을 본다. 그리고 이들 대부분 '기법'과 '실험'이라는 가면을 쓴다. 온전한 문장구조에서 극단적으로 이탈되었거나, 어휘와 어휘끼리의 상관관계를 전혀 찾아볼 수 없는 경우도 많다. 어쩌면 작가의 기교처럼 보이다가도 유심히 보면 이들 유형은 엉뚱한 곳에서 헛발질해대는 맹목적 아카데미즘의 굴종이나 자기 현시 즉 돌출 욕구의 일면만 같아 독자들을 씁쓸하게 한다.

그런 면에서 양인택 시인의 작품은 그냥 읽힌다. 읽히면서 봄 들판에 내리는 가랑비처럼 결코 가볍거나 어둡거나 요란하지 않게 우리의 살갗과 마음속으로 스며든다.

걸음을 멈추고 바라보니
새도 나뭇가지에 앉아
나를 물끄러미 쳐다보고 있다

"훠이!" 하고
손을 흔들어 보였더니

'모든 나뭇잎에서 날개 파닥이는 소리' 를 들을 수 있는 눈과
귀는 정녕 자연 속에서 오래 머물지 않고는 다가갈 수 없는
시의 세계가 아닐 수 없다.

푸드득 날아 숲속 깊이로 사라진다

날아간 하늘 쪽에는
아까 사람을 바라보던
동그랗고 까만
새의 눈동자가 살아 있다

모든 나뭇잎에서 날개 파닥이는 소리가 들린다.

　―「여운」 중에서

'하늘 쪽에 살아 있는 동그랗고 까만 새의 눈동자' 의 잔상(殘像)이
「여운」이라는 제목 안으로 끌어들이는 능력뿐만 아니라, 그 순간 '모든
나뭇잎에서 날개 파닥이는 소리' 를 들을 수 있는 눈과 귀는 정녕 자연
속에서 오래 머물지 않고는 다가갈 수 없는 시의 세계가 아닐 수 없다.
그것은 또 이제 순리를 따라야 한다는 시인 스스로의 지각적 행위의 사
물일 수도 있다.

휘이 휘이 휘이 휘이
새들이 날아간 하늘 끝자리

> 이 시끌벅적한 세상 한가운데서 고요해지고 싶어지는
> 사람들의 마음을 대신해 주는 것,

어머니 붉은 하늘에
이랑 하나가 더 생겼습니다.

—「어머님의 하늘」 중에서

이 시끌벅적한 세상 한가운데서 고요해지고 싶어지는 사람들의 마음을 대신해 주는 것, 이미 시인은 그러한 연륜의 한복판에 있다. 그래서 고령이신 어머니의 뒷모습을 바라보고 있는 것이다.

잠 설친 시인의 바다

제주 시인들은 바다에 관해 쓴 작품이 많다. 그런데 의귀리는 바다에서 십 리쯤 떨어진 중산간에 위치하고 있어서 양 시인의 바다 작품은 뜻밖이다. 그런데 이웃 바닷가 마을 남원포구의 아침 정경 중에서도 「아침 안여 바다」라는 작품에서 바위섬이나 등대 그리고 바다에 이르기까지 아주 적절한 시어들만 골라내고 있어서 읽는 이의 눈길을 끈다.

불침번을 끝낸 등대 불빛
눈자위가 붉다

한 상황이 극점에 다다랐을 때 환희든 고통이든 이 두 가지
형태의 심리상태는 동일한 진동과 파열음의 과정을 거친
후에야 진정된다는 것을 말하고 있다.

이 소리 저 소리에 뒤척이던
바위섬 안여가
아침녘에야 잠이 든다.

　―「아침 안여 바다」 중에서

거기에다 그는 바다 앞에서 지금까지 소곤거리듯 써 온 작품들과는 대
조적으로 범상치 않은 한마디를 던지고 있다.

파도가 섬자락에 울부짖을 때
포말이 섬벽을 타고 넘을 때
누가 슬픔과 기쁨을 분간 지울 수 있을까.

　―「마라도를 찾아서」 중에서

'슬픔과 기쁨'에 대한 감정의 기폭이 같은 파장으로 울린다는 것, 이
것은 환희의 탄성이나 괴로움의 울부짖음의 톤은 동일하다는 시인의 주
장일 수 있다. 한 상황이 극점에 다다랐을 때 환희든 고통이든 이 두 가
지 형태의 심리상태는 동일한 진동과 파열음의 과정을 거친 후에야 진

> 지혜로운 자는 하나의 시련이 닥칠 때마다 꼭 그만한 크기의
> 기쁨을 주실 거라는 하늘의 전조(前兆)를 예감한다.

정된다는 것을 말하고 있다. 그런 점이 양인택 시인의 고요한 보법과 화법에 아직 미연소 에너지가 많이 남아 있음을 감지케 한다.

이미 노년기에 접어든 시인은, 일제 식민지시대를 거친 후 사삼과 한국전쟁, 4 · 19와 5 · 16 등 우리 현대사의 중심을 뚫고 지나온 세대이다. 그래서 그도 '파도가 섬자락에 울부짖을 때'처럼 많이 아파했고, 참았고, 또 울고도 싶었으리라.

지혜로운 자는 하나의 시련이 닥칠 때마다 꼭 그만한 크기의 기쁨을 주실 거라는 하늘의 전조(前兆)를 예감한다. 이제 와서 '슬픔인지 기쁨인지도 분간 지울 수 없다' 는 시인의 진술은 그래서 읽는 이로 하여금 많은 것을 생각케 한다.

글을 쓴다는 것, 특히 남의 작품에 대하여 가타부타 해설 따위를 쓴다는 것은 한 치의 치수로 한 자의 길이를 가늠하려는 것과 같다. 특히 시에 있어서만큼은 문학 경력에 앞서 인생 역정의 두께가 우선돼야 하기 때문이다.

시집 발간의 경우 거의 요식처럼 돼 있는 작품 해설은 시를 읽는 독자들의 이해를 돕기 위한 출판사의 배려일 수 있다. 그러나 양 시인의 작

자연스럽다는 것, 그것은 우주의 톱니바퀴에 나 개인의
톱니바퀴가 순조롭게 끼어 돌아간다는 의미이기도 하다.

품에 달리 해설을 붙일만한 이유가 없다는 것이 필자의 솔직한 심정이
다. 이 증류수처럼 깨끗한 감성의 여과물에다 섣불리 해설이니 이론 따
위의 잣대를 갖다대는 것이 오히려 죄스럽게 생각되기 때문이다. 그보
다도 나는 지금 인생 선배님의 시집 해설을 쓸 입장에 있지도 않고 그럴
능력도 사실상 없다. 그래서 굳이 작품 해설이라기보다 단순히 독후감
차원에서 썼다는 것을 독자들에게 고백한다.

　자연이란 종교에서 말하는 절대자의 모습일 수 있으며, 우리 양심의
또 다른 형태라 할 수 있다. 자연스럽다는 것, 그것은 우주의 톱니바퀴
에 나 개인의 톱니바퀴가 순조롭게 끼어 돌아간다는 의미이기도 하다.
하여, 지극히 평온한 어휘들만으로도 우리의 영혼과 자연의 숨은 뜻을
훨씬 가깝게 끌어당겨 주고 있다는 점에서 양 시인의 이번 작품집은 또
다른 가치를 지닌다.
　그 조용한 문학적 화법과 보법으로 생의 후반부의 단풍이 더욱더 아름
답게 물들기를 기원 드린다.

제30강 발문(跋文)의 예

깨끗한 영혼의 필사본
─이승일 시집 『엄마, 울지마세요 사랑하잖아요』 발간에 붙여

지난 시월 〈가족 문학의 밤〉에 승일이가 엄마랑 단에 올라, 자기가 쓴 시 「마늘 꽃」을 낭송했다. 행사를 치른 지 한참이 지났지만, 그때 자리를 같이했던 사람들이 유독 승일이의 마늘 꽃 낭송을 이야기한다.

가을바람이 휘휘 분다
구름도 살랑살랑 흘러간다
마늘 꽃이 하얗게 피어 있다
엄마가 진짜 이름은
흰꽃너도샤프란이라고 했다

오늘은 누나가 하얀 치마 입고 서울 갔다
추석 때 다시 온다고 했다
그때까지 마늘 꽃은 우리 누나다.

─「마늘 꽃」 전문

1년 전 승일이가 엄마 따라 시 쓰는 것을 배우겠다고 찾아왔다. 나는

시를 나에게서 배우지 말고, 오늘부터 단풍나무와 친구가
되라고 했다.

그때 집 근처에 나무가 있느냐고 물었다. 그러자 승일이가 마당에 꼬마
단풍나무가 있다고 했다. 그래서 시를 나에게서 배우지 말고, 오늘부터
단풍나무와 친구가 되라고 했다. 그러면 단풍나무가 승일이에게 시를
가르쳐 줄 것이라고 했다.

　며칠 전 엄마는 승일이가 썼다는 시 전부를 커다란 서류봉투에 넣고
찾아왔다. 승일이가 쓴 시 일기를 한 권의 책으로 엮어주고 싶다면서 가
필을 부탁하러 온 것이다.

　두고 간 원고를 읽었다. 승일이는 그 사이 단풍나무를 시작으로 마당
안에 모든 화초들과 아주 깊은 관계를 나누었던 것 같다. 하루도 빠짐없
이 그들과 나눈 대화들이 천진난만한 시의 옷을 입고 여기저기 초롱초
롱 빛나고 있었다. 이 깨끗한 영혼의 필사본에 가필이라니, 가당치도 않
았다. 맞춤법 몇 군데와 띄어쓰기 몇 군데 말고는 어느 한 부분 수정하
고 덧붙이는 그 자체가 무슨 죄를 짓는 것이나 다름없다고 생각되었다.

마당에서 아빠가 잔디를 깎으신다
풀 냄새가 났다
길 모양 같다
아빠가 깎은 잔디는 고속도로 같다
내가 깎은 잔디는

세상엔 세 개의 톱니바퀴가 있다. 현실의 톱니바퀴와 역사의
톱니바퀴와 하늘의 톱니바퀴다.

신양리 할머니 집 길 같다.

—「잔디 깎기」 전문

좋은 글이란 머리에 선명한 그림이 떠오르게 하고, 읽는 이로 하여금
많은 것을 생각하게 한다.

세상엔 세 개의 톱니바퀴가 있다. 현실의 톱니바퀴와 역사의 톱니바퀴
와 하늘의 톱니바퀴다. 하늘이 자연을 통해 우리에게 전하려는 언어를
우리말로 받아쓰는 존재가 바로 시인이라고 했을 때, 승일이야말로 감성
의 코드를 하늘의 톱니바퀴에 맞춘 파란 마음의 시인임엔 틀림이 없다.

오늘 엄마가 눈물을 흘렸다
텃밭에 돌 발판을 세웠다
흙속에 바퀴가 굴러가는 것 같다

저 동그라미처럼
엄마가 울지 않았으면 좋겠다.

—「엄마」 전문

정신장애 막내를 둔 엄마의 눈물은 얼마나 짜디짰을까.

　빅토르 위고가 그랬다. 절망은 삶의 끝이 아니라, 구원의 시작이라고! 승일이도 정녕 엄마의 눈물을 여러 차례 보아온 것 같다. 정신장애 막내를 둔 엄마의 눈물은 얼마나 짜디짰을까. 그러나 그 엄마는 절망하지 않았고, 장애인 아들의 성정에 숨어 있는 시 창작의 가능성을 찾아냈던 것이다. 결국에는 승일이로 하여금 이처럼 따뜻하고 예쁜 시집을 우리에게 안겨줄 수 있게 하지 않았는가. 그것이 바로 절망하지 않는 어머니의 힘, 가족과 이웃의 힘이라는 것을 믿어 의심치 않는다.

　"딩동, 딩동 딩동! 딩동, 딩동 딩동!" 승일이와 그의 가족 모두에게 축하의 박수와 마음의 꽃다발을 전한다.

제31강 칼럼 2題

1. 낙타의 코끝

"약대 코끝 조심하라."라는 아랍권 속담이 있다. 약대(낙타)에 짐을 싣고 사막을 건너던 상인들이 사막 한가운데서 좁다란 천막을 치고 밤을 묵는다. 사막 밤공기가 몹시 차가워 낙타도 견디기 힘이 드는지 낙타는 사람이 자고 있는 천막 안으로 슬그머니 코끝을 집어넣어 본다. 천막 안이 따뜻하다는 것을 알아차린 낙타는 차츰차츰 그곳으로 머리를 들이밀기 시작한다.

처음에는 코끝이던 것이, 주둥이와 머리와 앞다리 몸통을 거쳐 결국 꼬리까지 천막 안으로 들어가고 만다. 그래서 주인은 쫓겨나 밖에서 떨어야 하고 낙타는 천막 안에서 느긋한 밤을 보낸다. 굳이 주객이 전도라는 말을 갖다 붙이지 않더라도 요즘 우리 주변에 이와 비슷한 일화는 얼마든지 있다.

외투를 벗고 나면 저고리를 벗게 되고, 저고리를 벗고 나면 바지를 벗게 된다. 그 다음에 벗어야 할 것은 묻지 않아도 뻔하다. 해군기지 유치에 섞여 다시 그 '약대의 코끝'을 떠올리게 한다. 북한에 대한 햇볕정책과는 달리 제주도의 경우는 다분히 강제성이 엿보인다. 얼마 전 제주평화포럼 행사 참석차 내도한 대통령의 연설에서도 해군기지의 불가피성

돈이라면 양잿물도 마다 않는 요즘 세상에 경제발전이라는
말처럼 사람 꼬드기기 쉬운 말이 없다.

을 강조했다. 제주도를 평화의 섬으로 선포하던 당시의 말과는 전혀 다르게 엉뚱한 말로 얼버무리는 것을 보면 우리 국방에는 뭔가 분명히 국가 통치권자도 어쩌지 못하는 뭔가가 있기는 있는 것 같다.

또 하나 쉽게 납득되지 않는 것이 있다. 제주 해군기지 유치조건 중의 하나로 경제문제를 거론한다는 점이다. 돈이라면 양잿물도 마다 않는 요즘 세상에 경제발전이라는 말처럼 사람 꼬드기기 쉬운 말이 없다. 그러나 국방과 경제는 당초부터 상조(相助)가 아닌 길항(拮抗)이 개념이어서 전혀 궁합이 맞지 않는다는 게 필자의 한결같은 생각이다.

오로지 바다와 땅만을 일구면서도 그토록 아름답고 풍요롭게 고향을 가꾸어 온 강정마을 사람들을 기억한다. 빛나는 수평선 밖으로 사시사철 은어비늘 튕겨 올리는 강정천의 시린 물살을 기억한다. '휘파람도 그리워라, 쌍돛대도 그리워……' 〈서귀포 칠십 리〉의 눈물겹도록 평화로운 노랫말을 기억한다. 그 아련한 그리움은 영원토록 도민들 가슴에 살아 있어야 한다. 이것이야말로 제주도를 몸으로 사랑하는 사람들이 강정마을 주민들에게 거는 최대 기대치인 것이다.

제주특별자치도 1주년에 이르러 갑자기 "변화! 변화!"를 외치는 사람들이 많아졌다. 이참에 우리는 변화와 변질(變質)의 경계선, 더 나아가 변화와 변절(變節)의 경계선을 분명히 해둘 필요가 있다. 변화라는 말

아름답게 보려면 한 번만 보고, 제대로 보려면 두 번 세 번
돌이켜 봐야 한다.

속에는 긍정적 또는 미래지향적인 의미가 있는 반면, 변질과 변절이라
는 말에는 우리의 중심 개념 자체를 포기하면서 도민의 정서와 역사에
대한 배신적 의미까지 포함한다.

아름답게 보려면 한 번만 보고, 제대로 보려면 두 번, 세 번 돌이켜 봐
야 한다. 지금 우리에겐 현실과 연결된 시간의 고리, 즉 통시적 맥락에
서 오늘과 내일을 바라보는 안목이 필요하다. 무책임한 개방의 목소리
나 역사인식이 결여된 현실 판단은 자칫 우리를 더 큰 불행의 늪으로 빠
져들게 한다.

"삼춘, 그때 어디 간 이십데가?" 얼마 전 해군기지 유치를 반대하던 위
미리 주민들이 내걸었던 플래카드 내용이다. 머지않은 날 조카들이 그
와 같은 질문 앞에 '부끄럽지 않은 삼춘' 이 되기 위해 최근 우리를 향해
쿵쿵거리는 낙타들의 코끝을 똑바로 지켜봐야 할 것이다.

─제민일보 제민포럼에서

문학작품집일 경우 지은이 약력이 장황할수록 그 내용은
십중팔구 독자에게 실망만 안겨주는 경우를 우리는 얼마
든지 보아왔다.

2. 그리운 신동엽(申東曄)

　1년 전 어느 합동출판기념회에서다. 문단 경력이 결코 만만찮은 한 시인의 시집 약력 난에 수상경력, 학위 등이 빠져 있는 것을 보고 그 이유를 물었다. "그런 거 부끄럽잖아요." 그 낮고 짧은 대답 속엔 이미 시대적 아픔이 자리하고 있었다. 차라리 상(賞)과 학위가 부끄럽다는 자기 인식의 표현이야말로 이 시대 지성을 대신하는 대답일지 모른다. 좋은 책은 저자의 약력 소개가 간결하다. 문학작품집일 경우 지은이 약력이 장황할수록 그 내용은 십중팔구 독자에게 실망만 안겨주는 경우를 우리는 얼마든지 보아왔다.

　필자의 문청 시절, 순수니 낭만이니 하는 그 촌스런 문학의 행보에다 다짜고짜 뺨을 후려치며 역사와 현실 쪽으로 발길을 돌려세우는 그 어떤 힘이 있었다. 바로 "철학, 종교, 시(詩)는 궁극에 가서 하나가 될 것"이라는 예언적 발언에다 「껍데기는 가라」던 신동엽의 시혼(詩魂)이었다.

　껍데기는 가라
　사월도 알맹이만 남고
　껍데기는 가라

이름 하여 '돈' 과 '간판' 과 '권력' 의 삼총사다. 시대가 변해
도 이 삼총사는 어떤 형태로든 악연의 피를 나누며 동일한
질량의 위력으로 우리를 억압하고 다그친다.

東學年 곰나루의, 그 아우성만 살고
껍데기는 가라

그리하여, 다시
껍데기는 가라
이곳에선, 두 가슴과 그곳까지 내논
아사달 아사녀가
中立의 초례청 앞에 서서
부끄럼 빛내며
맞절할지니

껍데기는 가라
漢拏에서 白頭까지
향그러운 흙가슴만 남고
그, 모오든 쇠붙이는 가라.

그리고 서른아홉의 아까운 나이에 신동엽은 총총 우리 곁을 떠났다.
그가 간 지 30년이 훨씬 지난 지금, 우리는 또 다른 형태의 껍데기를 만
난다. 이름 하여 '돈' 과 '간판' 과 '권력' 의 삼총사다. 시대가 변해도 이
삼총사는 어떤 형태로든 악연의 피를 나누며 동일한 질량의 위력으로

생의 여정을 결론적 입장에서 바라본다는 것은 슬픈 일이
다. 과정의 지엽(枝葉)은 무성한데, 추수의 알맹이가 빈약
하기 이를 데 없는 세상 분위기로 봤을 때 더욱 그렇다.

우리를 억압하고 다그친다. 그러나 신동엽의 시혼은 한 시대를 관류하면서 지금도 쇠붙이(껍데기)에 대한 항거의 깃발로 우리들 가슴속에 살아 펄럭인다.

우리가 지구 온난화 운운하면서 "더워! 더워!"를 반복하는 사이, 주면 초목들은 어느새 가을의 한복판에 와 있다. 감귤 농가들도 이쯤이면 열매솎기나 병해충 방제에 마지막 손길을 쏟는다. 이때, 농사에도 생각이 보수적인 사람은 열매의 맛보다 껍질에 더 신경을 쓴다. 그래서 무슨 병에는 무슨 농약을 뿌리고 무슨 비료를 줄 것인가 하며 껍질 곱게 만드는 것을 으뜸 농사기술로 친다. 사람이 섭취할 것은 내용물이지만 껍데기 치장에 더 많은 자본을 투자한다. 병원에도 얼굴 뜯어고쳐 주는 성형외과 쪽에 문전성시를 이룬다는 것만 봐도 껍데기를 숭상하는 세태의 흐름을 짐작할 수 있다.

생의 여정을 결론적 입장에서 바라본다는 것은 슬픈 일이다. 과정의 지엽(枝葉)은 무성한데, 추수의 알맹이가 빈약하기 이를 데 없는 세상 분위기로 봤을 때 더욱 그렇다. 따라서 '짝퉁'이라는 신조어가 보편화된 지금, 허위 학력이나 가짜 학위가 결코 새삼스러운 일이 아니다. 오히려 진짜 학력과 일류 학위 소지자들에 의해 움직여지는 사회 표층구조가 날이 갈수록 가짜처럼 보여지는 것이 더 큰 문제다.

뭔가 헛것을 봐도 단단히 본 사람들처럼 "돌격 앞으로, 돌격
앞으로!" 성공이라는 유령의 탑을 향해 너나없이 사력을 다해
뛴다. 그럼에도 불구하고 그 이유를 아는 사람은 흔치 않다.
목표는 있으되 목적이 없는 시대의 맹점 바로 그 때문이다.

뭔가 헛것을 봐도 단단히 본 사람들처럼 "돌격 앞으로, 돌격 앞으로!"
성공이라는 유령의 탑을 향해 너나없이 사력을 다해 뛴다. 그럼에도 불
구하고 그 이유를 아는 사람은 흔치 않다. 목표는 있으되 목적이 없는
시대의 맹점 바로 그 때문이다.

나쁜 짓 하고 TV에 오르내리는 사람들을 보면 다분히 남들보다 높은
자리에 있었고, 잘 배우고 호의호식하던 사람들이다. 예나 지금이나, 돈
과 권력의 종착점엔 자칫 불명예의 낙인이 뒤따른다는 것을 우리는 지
겹도록 보고 또 들어왔다. 이처럼 목적 없이 이어지는 돈과 간판과 권력
의 평면구도는 결국 그 테두리를 넘지 못한 상태에서 제2, 제3의 허세들
과 결탁하기에 이른다.

그래서일까, 현대인은 그 부모보다 시대를 닮는단다. 그리고 신동엽
은 탄식한다. "옛날 사람들은 주어(主語)가 인생이었지만, 요새 사람들
의 주어는 보석(돈)이다. 인생은 다만 수식어일 따름이다."라고. 그래
서 그가 그립다. 제발, 제발 껍데기는 가라!

—제민일보 제민포럼에서

＊바로잡습니다.

판권(2쪽)의 제목

<조사(調査)->의 한자어 표기를

<조사(助詞)->로 바로잡습니다.